常怡 著

故宮裡的大怪獸

|升級版|

MONSTERS IN THE FORBIDDEN CITY

小小金殿裡的木偶戲

6

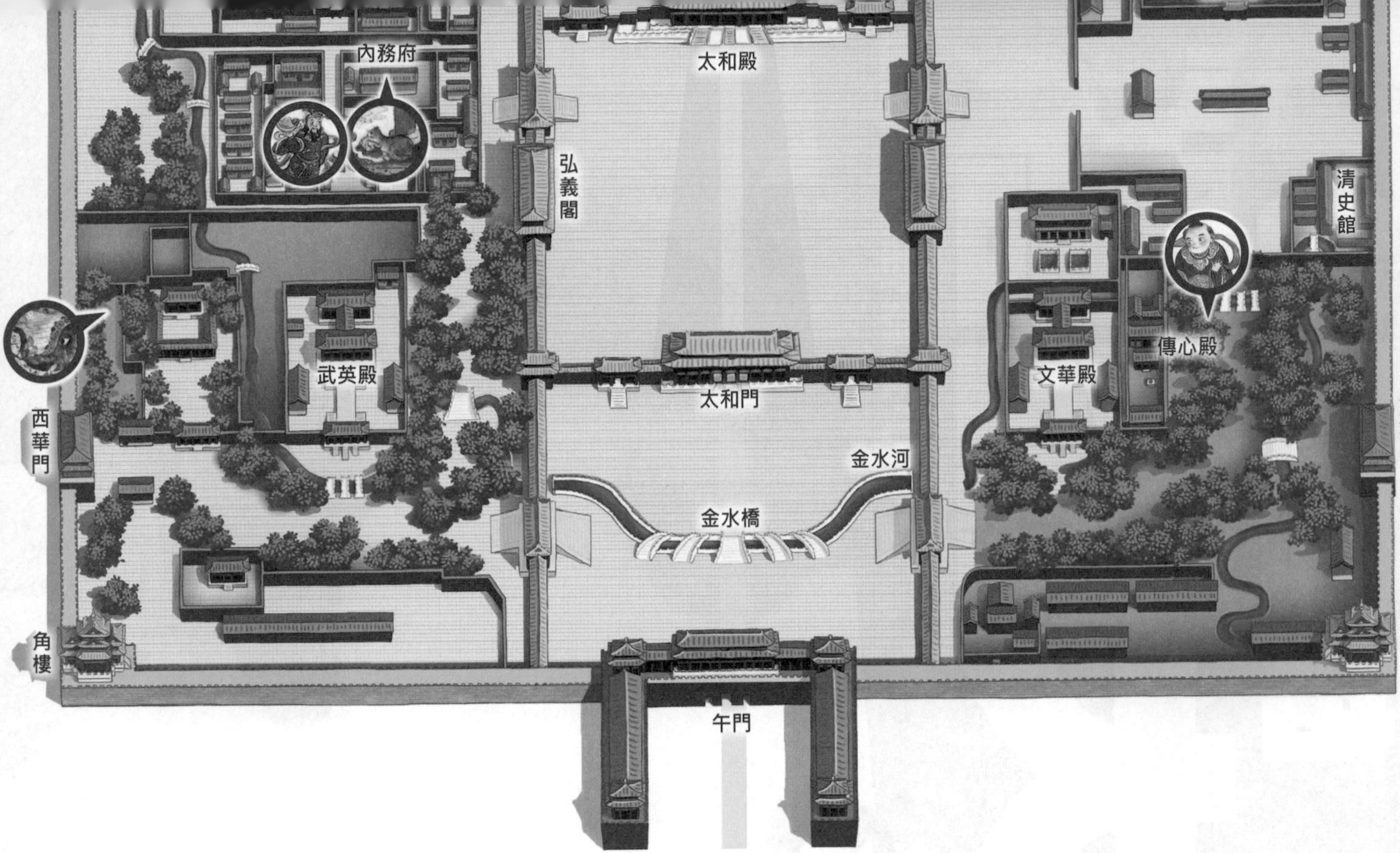

故宮怪獸地圖

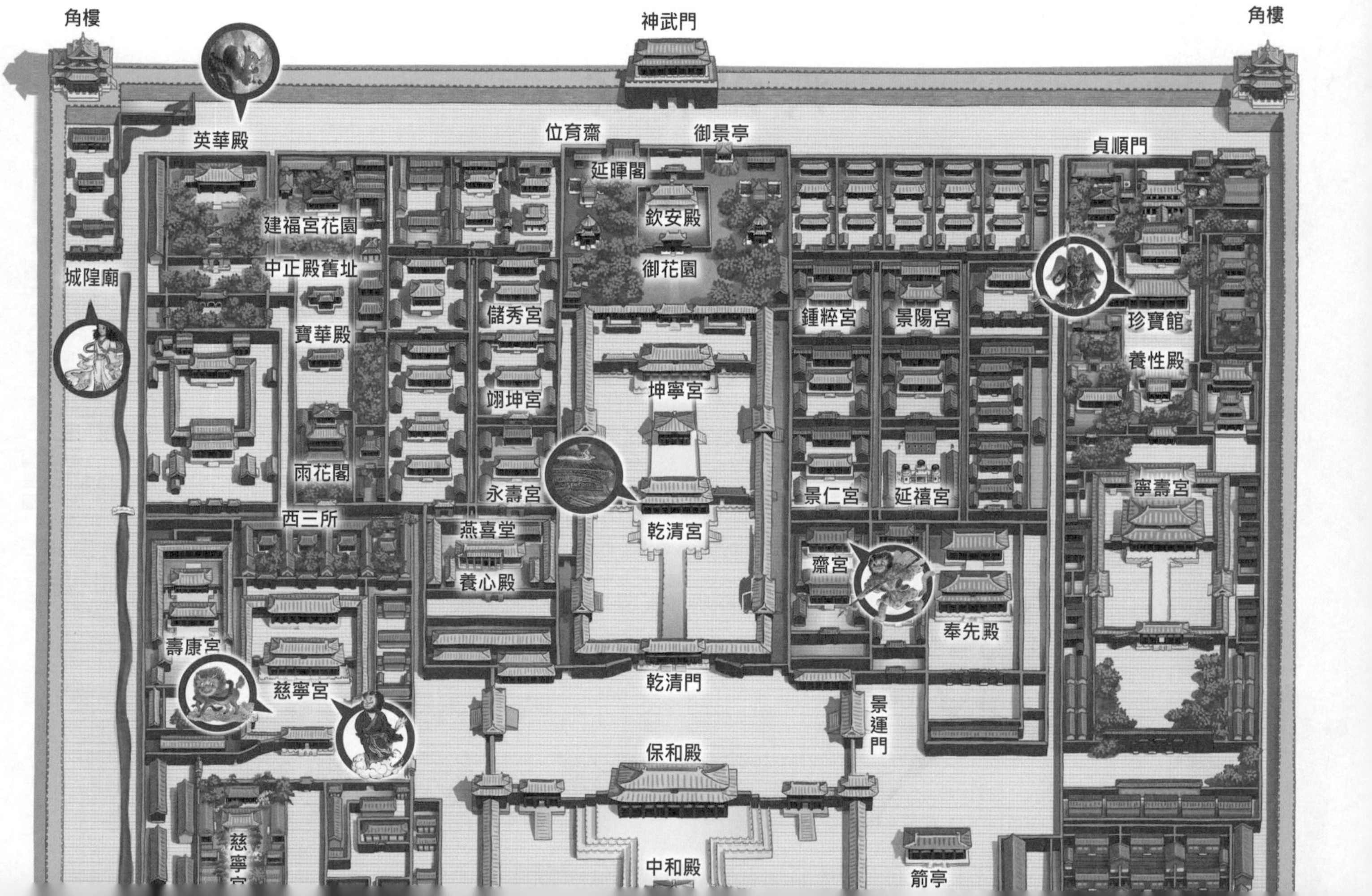
角樓
神武門
角樓
英華殿
位育齋
御景亭
貞順門
延暉閣
欽安殿
建福宮花園
御花園
中正殿舊址
城隍廟
儲秀宮
鍾粹宮
景陽宮
珍寶館
寶華殿
養性殿
坤寧宮
翊坤宮
雨花閣
永壽宮
景仁宮
延禧宮
寧壽宮
西三所
燕喜堂
乾清宮
齋宮
養心殿
奉先殿
壽康宮
慈寧宮
乾清門
景運門
保和殿
慈寧宮
中和殿
箭亭

角色檔案

社神和稷(ㄐㄧˋ)神

社神就是土地神，傳說是神農的後代，也是一位地質學家和土壤學家，善於分辨土壤適合種哪種農作物。稷神叫棄，從小喜歡種植穀物，長大後教會人們如何種植糧食作物，讓人們過上富裕的日子。

狴犴(ㄅㄧˋㄢˋ)

非常有義氣的怪獸，只要看到不公正的事情就會出來主持公道，古代官衙的大堂兩側都會放他的雕像。他還是監獄的守護神，古代監獄大門上都會有狴犴的形象。據說以前所有犯人進、出監獄時，都必須叩拜他。

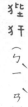

龍泉井神

守護大庖井的神仙。他長著一張娃娃臉，卻是北方最大的井神。因為大庖井乾枯而離開故宮，只有在每年祭祀井神的日子，他才會回來看看。

辟邪

外形介於獅子與老虎之間的怪獸，頭上長著角，背上長著一對鷹的翅膀。他是智慧和勇氣的化身，可以驅走邪惡和污穢，去除不祥，並引領人們的靈魂升上天堂，一直是皇帝們喜歡的怪獸。

馬神

又稱馬王爺，住在城隍廟東邊，生前曾是英俊的匈奴國王子，善於養馬，所以死後被奉為馬神。他長著三隻眼睛，什麼事都瞞不過他。

麒麟

性情溫順的怪獸，住在慈寧宮。他長著獅子頭、鹿角、老虎眼睛、麋鹿身體、龍鱗、牛尾。古人認為，麒麟出現的地方一定會有吉祥與和平。

山寨先生

住在內務府酒醋房的野貓。因為外形與故宮冰窖的小白酷似，所以被取名「山寨」。因為太能吃而被貓媽媽遺棄，沒想到卻被財神選中來看管祕密酒窖，成為故宮裡最富有的貓。

負屭（ㄒㄧˋ）

龍的兒子，性情斯文，喜歡文學和書法，尤其喜歡刻在石碑上的文字，喜歡盤繞在石碑上。

目錄

壹

小小金殿裡的木偶戲

當丹桂的香味越來越濃的時候，就到開學的日子了。

我放學回來時，天已經快黑了。故宮裡的宮殿也好，野貓也好，和往常一樣，只是吹過的風，帶著一股甜甜的味道。我胸前的洞光寶石在月光下閃著微光，好像又有什麼神奇的事情要發生一樣。

我背著書包，提著一個大塑膠袋，裡面裝著媽媽要的豬肉丁、黃醬、甜麵醬、黃酒、小蔥……全是做炸醬麵的佐料。東西重，肚子又餓得咕咕叫，我走得特別急。轉過永祥門時，從旁邊的夾道上，傳來一個細細的聲音：

「喂！等一等，等一等。」

我吃了一驚，站住了。

黃昏中，我努力睜大眼睛往前看，可是什麼都看不見。

「誰在叫我？」

「在這裡，在這裡！」

我低頭一看，一個小小的木偶站在那裡。

我屏住氣息：「木……偶？」

小木偶穿著藍布衣服，戴著頭巾，背上背著個竹籃，像個古代的小書童。

太奇怪了，我在故宮裡見過神仙，見過怪獸，甚至見過大頭鬼，可是還從來沒見過木偶。這個木偶居然還會說話！

「你有什麼事嗎？」我瞪圓眼睛，盯著眼前的小木偶。

木偶朝我的塑膠袋裡看了一眼，問：「這些東西都是妳買的？」

我說：「啊！我媽叫我買的。」

「看來是要做炸醬麵。」他的小眼睛盯著袋子。

我點點頭。

小木偶有點不好意思地說：「妳的東西能不能分我一點。」

我看看袋子裡的東西問：「你想分什麼呢？」

「肉、醬、黃酒，都分我一點可以嗎？」他又說，「是這麼回事，今天晚上是社神和稷神宴請大家的日子，但是我準備的東西卻少了點，要宴請的可都是非常能吃的。」

我有點猶豫，這些都是媽媽要我買的東西……

小木偶緊接著說：「要是分我一半的東西，就請妳參加今晚的宴會。」

「是嗎？」我來勁了。「會場在哪兒？」

木偶壓低聲音說：「就在乾清宮前面。」

「行！」

我咬了咬牙，就分給他一半吧！要是媽媽問起來，就說記錯數量買少了。

我打開塑膠袋，把肉丁、甜麵醬、黃酒都分了一半，放到木偶背著的竹籃裡。

「那就說定了，我一定會去。」

「妳記住了，如果有人問暗號，妳就回答『風調雨順、五穀豐登』。」小木偶囑咐道，「一定別忘了，知道暗號的人才能參加宴會。」

說完，小木偶就急急忙忙地走了，消失在黑暗中。

回到辦公室，媽媽不在。於是，我留了張紙條，就興奮地出了門。

空蕩蕩的故宮夾道上，只響著我的腳步聲。

乾清宮，皇帝的臥室，是我從小就喜歡的地方。那裡有神鶴，有怪獸霸下，有神奇的日晷，有小亭子般的嘉量，還有兩座小小的、金燦燦的宮殿。

那兩座小金殿只有裝電視的紙箱那麼大，西邊那座叫江山殿，東邊那座叫社稷殿。它們就像是故宮那些大宮殿的模型，別看它們小，圓圓的屋頂，精緻

的屋脊，甚至屋簷上小小的脊獸，宮殿大門上的盤龍……一樣都不少。媽媽說，這兩座小金殿裡供奉著社稷之神。

社神就是土地神，聽說他的名字叫句龍，是神農的後代。他是一位特別厲害的地質學家和土壤學家，善於分辨土壤適合種哪種農作物。稷神的名字叫棄，因為他是被人遺棄在野外的孩子，是動物們把他養大的。他從小喜歡種植穀物。長大後，他不但沒有憎恨遺棄他的人們，還教會大家如何種糧食，讓人們過上富裕的日子，非常了不起。

雖然早就知道他們的傳說，但是我從來沒見過社神和稷神。兩座小金殿的門總是關得緊緊的，哪怕趴在門前，也很難看到裡面的樣子。

今晚，我卻要參加社神和稷神的宴會了，一想到這裡，我的心就怦怦直跳。宴會的場地會在哪裡呢？小金殿太小了，誰也鑽不進去。小木偶說在乾清宮前，不會就在乾清宮前的廣場上吧？到底請了多少客人？都會是誰呢？

我一邊走，一邊胡思亂想。

乾清宮前的路燈好像都壞了，黑漆漆的一片，一點亮光都沒有。怎麼一下子壞了這麼多路燈？我有點納悶，難道是電路出了問題？恰好在這個時候，原本明亮的月亮也被烏雲擋住了。

我一下子陷入黑暗中，耳邊傳來風吹打窗戶「咔嚓、咔嚓」的聲音。

我從口袋裡掏出手電筒，這個手電筒只有原子筆那麼大，是楊永樂兩天前送我的。因為又小又輕，我一直裝在口袋裡。

「啪！」

手電筒的光束前出現了一幅令人驚訝的景象：一個獨角怪獸正躲在日晷後面，偷偷地往小金殿的方向張望。

這不是角端嗎？我還沒見過故宮裡的怪獸博士這副偷偷摸摸的樣子。

我舉起手電筒，白玉圍欄後面露出一條鯉魚的尾巴。誰躲在那裡？難道是吻獸嗎？他旁邊那個猴子臉怪獸看樣子是行什。他們身後還有其他怪獸模糊的黑影。

光束照到屋頂，我被嚇了一跳。乾清宮屋簷上怎麼還趴著一個長著翅膀的怪獸？難道是……嘲風？平時那麼神氣的嘲風這時候怎麼看怎麼像個飛賊。

這到底是怎麼回事？

「快關上，快把手電筒關上！」

離我最近的角端，一邊打著手勢一邊壓低嗓門對我說。

我慌慌忙忙地關上手電筒。一下子，周圍又變成了黑暗一片。

我摸索著走到角端的旁邊，問他：「奇怪，為什麼你們要躲起來？」

「噓！別說話。」角端小聲說，「等一會兒妳就明白了。」

我蹲下來，學著他的樣子向小金殿的方向張望。那裡黑漆漆的，什麼也看不清。於是我坐在地上，仰望天空，月亮被厚厚的烏雲遮住，星星卻顯得特別明亮。

不知道過了多久，身邊的光線慢慢變亮了起來。江山殿、社稷殿這兩座小金殿的窗戶裡，透出淡淡的白光，另外，還從極為遙遠的地方傳來很輕很輕的琵琶樂曲聲。

就在這時候，小金殿的門突然一下「啪」地全打開了。金殿四面所有的大門都一起敞開。我不禁「啊」了一聲。

接著，一個個小木偶從金殿裡走出來。就是下午我遇見的那種小木偶，只不過每個木偶的打扮都不一樣：有的是穿著長裙的仙女模樣，有的是戴著草帽

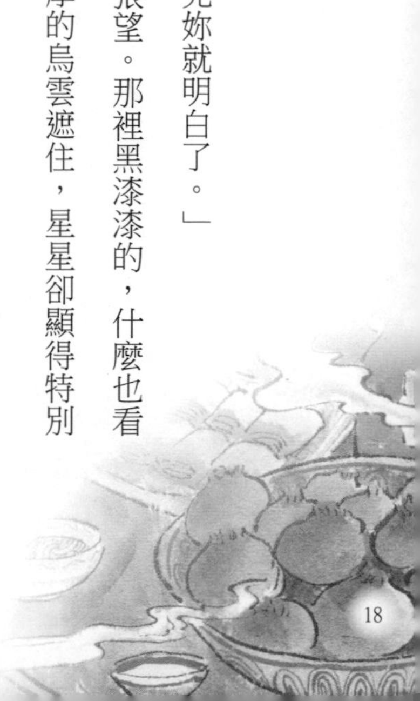

的馬夫模樣，還有的是官員模樣……但無論是打扮成什麼模樣的木偶，都穿著合適的小鞋子或長靴，無論是腰帶還是頭上的首飾，一切都和真人一模一樣。

我屏住氣息：「木偶？」

我瞪圓眼睛，盯著那些小木偶一個一個從金殿裡走出來。足足有上百個木偶吧！咦？那不是我下午碰到的書童木偶嗎？他規規矩矩地站在一個農民模樣的木偶旁邊。

最後一個從金殿裡走出來的是一個身穿灰色長袍的中年人。他不是木偶，一看就不是。他是一個小個子神仙。他抬頭看看星空，轉過身走回了金殿。

小金殿裡並不是我想像中那樣空蕩蕩的，但和太和殿、欽安殿這樣的宮殿比，它裡面的東西又是那麼的不同尋常。寬敞的殿堂裡，沒有寶座，沒有神臺，甚至沒有柱子，有的只是一片綠油油的莊稼，像是誰把一片茂盛的田地搬到了宮殿裡。

小個子神仙慢悠悠地穿過那些莊稼。像是變戲法一樣，他走過的田地，轉眼就變了顏色，綠色的莊稼一下子變成金黃色的麥穗、栗紅色的果實、深棕色的豆莢……我遠遠地望著，恰如從高高的天空上，俯視著夜晚的街市上陸續亮起的燈。

很快，大殿裡綠色田地變成了五顏六色的、等待豐收的田地。

這時，所有的小木偶們排著隊走回金殿，彎腰收割莊稼和果實。這是相當費力的工作，但小木偶們卻快活地勞動著。

兩座小金殿裡，彷彿在上演一場特別盛大的木偶戲，我完全看呆了。

「太了不起了……」我嘟囔著。

「這是稷神的魔法。」怪獸角端說，「每年二月初一，他把種子種進土壤

裡，取來清晨的露水澆灌，到了八月初一，再讓五穀成熟。傳說很久以前，他就是這樣教人們種植糧食，吃飽肚子的。」

「原來那個小個子的神仙是稷神啊……」我的心怦怦直跳。

不一會兒，金殿裡的田地全部收割完畢，小木偶們把糧食和果實都堆放到大殿的中央。

接下來會怎樣呢？我忍不住想。

「呼啦、呼啦……」

頭頂上，不知從哪裡飛來了一群烏鴉，黑壓壓的一片，數不清有多少隻。

「糟糕。」

我有點擔心，烏鴉可是貪吃的傢伙，這時候飛來這麼多烏鴉，不會來搶木偶們剛剛收割的果實吧？

可是，木偶們沒有一點擔心的樣子。他們一齊仰望天空，露出了微笑。

「社神來了。」角端說。

我抬頭望去，烏鴉們飛得很低，領頭的那隻個頭很大的烏鴉身上坐著一位小小的、拿著枴杖的白鬍子神仙。

烏鴉們一隻隻停到小金殿裡，停好的烏鴉會銜起一口泥土，再張開翅膀重新飛回天空，給其他烏鴉騰出地方。

「烏鴉在幹嘛？」

我輕聲問角端。

「每年二月初一的時候，社神會選出最肥沃的五色土，讓烏鴉們幫忙從社稷壇運到江山殿和社稷殿，以供稷神種植小米、豆子、麥子、水稻這些五穀。今天，五穀收割了，這是社神帶著烏鴉們再把五色土運回社稷壇呢！」

「原來是這樣。」我點點頭。

想想我也是去年第一次去社稷壇玩的時候，才知道中國有五種顏色的土。紅色的土在南方，青色的土在東方，白色的土在西方，黑色的土在北方，中央的是黃色的土壤，是和我們皮膚一樣的顏色。就是這些土壤，種出了填飽我們肚子的糧食，種出了我們愛吃的蔬菜和水果。

烏鴉們陸續飛遠了。小金殿裡沒有了植物和土壤，變得空蕩蕩的。但沒過多久，勤快的小木偶們就把這裡變成了一個樣樣俱全的廚房。

木偶們動手忙碌起來。深夜的江山殿和社稷殿裡，不一會兒就飄出了飯菜的香味。木偶們哼著歌，做著看起來就特別好吃的料理。我的口水都要流出來了。

過了一陣子，木偶們停下手邊的工作，關上了兩座小金殿的大門。剛才還敞亮的小金殿，此刻又變成了兩個密閉的大盒子，除了窗戶裡透出的白光，什麼都看不見了。

「難道是……結束了？」我說不出來的失望。

怪獸角端搖搖頭說：「這才剛剛開始呢！」

果然，也就過了幾分鐘，江山殿和社稷殿的大門重新敞開了。敞開的金殿裡又變了模樣，裡面擺上了一張張小小的圓桌。圓桌上，是小得不能再小的盤子、碗、酒杯和筷子。

這麼小的餐具，難道社稷神要宴請的都是些小人嗎？我有點納悶。

剛才躲起來的怪獸、神仙們，此刻都站了出來，朝小金殿走去。我跟在他們後面，心裡並不明白要去幹什麼。那麼小的金殿，這些大怪獸們是怎麼塞也塞不進去的。

幾個仙女木偶走到金殿門口，規規矩矩地朝著走來的神獸們鞠了個躬。其中一個說：「歡迎各位來參加社神稷神秋收晚宴。今年的入殿咒語想必各位已經知道了。請大家一個一個來。」

最先走到殿前的是怪獸吻獸，只見他默默唸了幾句咒語……怎麼樣了呢？吻獸的身體一點點變小了，直到變成木偶大小時才停下來。變小了的吻獸一下子飛到小金殿裡，像個玩具。

緊接著是螭虎、行什、霸下、天馬……這些怪獸一個接一個地變小，走進了金殿。

輪到我了。我怎麼才能變小呢？我不是神獸也不是神仙，咒語一點都不會，這可怎麼辦？

正在我為難的時候，那個書童木偶不知道從哪裡冒了出來。他把手做成喇叭狀，偷偷對我說：「暗號！咒語就是暗號啊！」
啊！原來咒語就是他告訴我的暗號呀！
於是，我嘴裡默默唸道：「風調雨順、五穀豐登……」
那是什麼感覺呢？像整個人突然被一股什麼魔力吸進一個神祕的、小小的洞穴裡，「嗡」的一聲，我不禁閉上了眼睛。
等我猛然睜開眼時，我已經站在了金殿裡。小金殿在我眼裡，已經變成一座寬敞無比的宮殿。
「像做夢一樣。」我出神地嘟囔道。
「這邊請。」一個仙女木偶走過來為我帶路，我能清晰地看到她身上的木紋。
「就坐到這裡吧！」

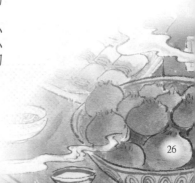

她把我帶到一張桌子旁，吻獸正坐在對面用他的綠眼睛看著我。

那是一雙如五月的嫩葉般水靈靈的眼睛。我的心中立刻就充滿了喜悅，要和吻獸在同一張桌子上吃晚飯呢！

「有點頭暈吧？」他問我。

我點點頭，把手貼在額上，臉卻一下子紅了，害羞得說不出話。

不一會兒，我們這張桌子就坐滿了。

怪獸囚牛被我嚇了一跳。

「第一次碰到社神稷神邀請人類呢！」他說著。

「李小雨真是個有福氣的孩子。」溫柔的怪獸霸下也說，「吃了社神稷神的晚宴，一年到頭都會開開心心的。」

很快，木偶們在桌子上擺滿了熱騰騰的食物，軟綿綿的紅豆包、黏牙的黃

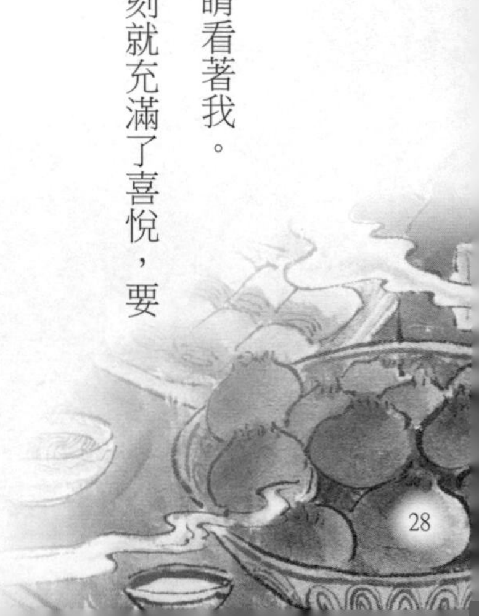

米糕、香甜的豌豆黃、黏糊糊的八寶粥、油亮亮的炸醬麵……都是用五穀做成的食物。都是常見的食物，卻又都飄著不同尋常的香味。

我盛了一碗八寶粥，香噴噴的，只喝下一口，心中的擔心、悲哀都像霧一樣消散了。再喝一口，胸中像照進了陽光似的溫暖。接著喝下去，那陽光越來越暖，整個心都變得明亮了。就像一下子跳到了田野裡，和身邊的麥苗一起吸收著陽光、雨露、清風。什麼考試、可怕的老師、欺負我的同學……這一切都不重要了。

我有點暈眩地吃完晚宴，到底吃了什麼已經不記得了，只知道每一樣都那麼的可口。每吃一口食物，似乎就會忘記一件讓人不安或傷心的事情。慢慢地，整個人都變得輕飄飄的了。

晚宴什麼時候結束的？我怎麼走出小金殿的？怎麼變回原來的大小？這些

我完全不記得。記得的，只有那股暖洋洋的感覺。

等我清醒的時候，已經站在了金殿前的廣場上。

烏鴉們正圍著金殿飛舞，像暴雨來臨前黑色的烏雲。白衣的社神坐在烏鴉的背上，他「呼……」地吹了口氣。如同被吹滅的蠟燭，亮堂堂的社稷殿和江山殿一下子暗了下來，白色的光、小木偶們、桌子和椅子，還有那些餐具，一切都消失得無影無蹤，門也關上了。剛才的一切彷彿根本沒有發生過。

「嘭！嘭！嘭！」

幾乎同時，慈寧宮前的路燈一個一個地亮了起來。天空中，明晃晃的月亮也從雲後面探出腦袋。這是一個難得的，明朗的月夜。

原來，壞掉的路燈，躲起來的月亮……這一切都是社神和稷神的魔法啊！

我呼了口氣，腳步輕快地向媽媽的辦公室走去。

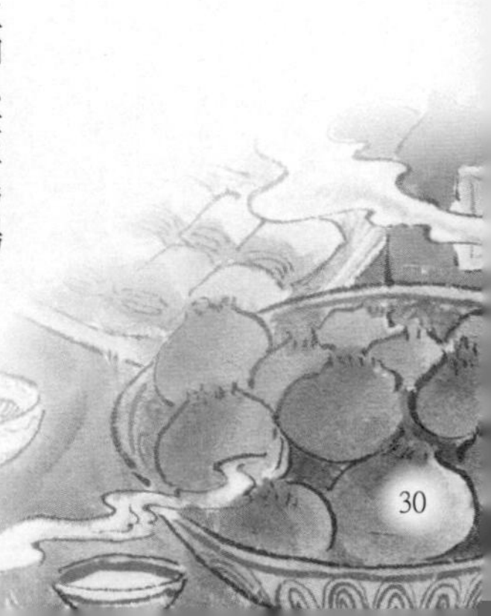

貳

狴犴的遊戲

我，是第一個發現那個小偷的人。

他看起來很瘦弱，穿著皺巴巴的深顏色外套和一雙髒兮兮的旅遊鞋。我一走進齋宮的西配房就看見他躲在門後了，不幸的是，在我看到他的一瞬間，他也看到了我。

他一下把我拉到門後，用手捂住我的嘴，力氣可真大。我可以清晰地看見他指甲裡的黑泥。

其實他完全沒必要這麼做，晚上八點鐘的故宮，除了偶爾路過這裡的保全叔叔，就算我扯著喉嚨喊，也不會有人聽見。

我用眼角掃了一眼房間右邊的屋頂，那裡裝著監視錄影器，它拍攝的影像會顯示在保全室的電腦顯示幕上，我希望有人看到後能立刻來救我。

讓我失望的是，監視錄影器的紅燈已經滅了。這個有經驗的小偷，已經領

先一步破壞了監視錄影器。

我顯然破壞了他的計畫，從他看我的眼神我就知道他有多生氣。他的黑色雙肩包癟癟的，應該還沒來得及偷東西就被我撞上了。齋宮正在舉辦玉石展，他一定是衝著那些稀有的古代玉石來的。

但我知道現在不是擔心文物的時候，我最應該擔心的是自己的小命。

「妳要是出聲，就死定了。」小偷兇巴巴地說。

我認命地點頭。

他沉默了一分鐘，顯然在想怎麼處置我。

「孩子，妳出現的不是時候，我只能先把妳打暈了。」

說著他舉起一根黑色木棒，我渾身沒力，什麼都做不了，只能閉上眼睛，等著挨那一下。

「哐噹！」

我一下子癱坐在地上，腦袋一片空白。奇怪的是，我沒感覺到任何疼痛。那麼粗的棍子，那麼大的聲音，我應該痛得要命才對，可是為什麼不痛呢？

我揉了揉脖子，不痛。腦袋？也不痛。小偷到底打到我哪裡了呢？

我小心翼翼地睜開眼睛，木棒已經被扔到了地上，難道剛才那個聲音不是打到我的聲音？

我抬頭一看，剛才還惡狠狠的小偷此刻卻渾身發抖地站在我旁邊，眼睛都直了。

不知道什麼時候，一個大怪獸已經出現在我們面前。

他長著麒麟的頭、老虎的身體、應龍的翅膀。是一個我從沒見過的大怪獸。

「別……別……過來！」

小偷被嚇壞了，臉上的血色都消失了。

「你是什麼動物？老虎？」他大聲對怪獸吼著。

大怪獸不緊不慢地走過來。

「我要是你就不會這麼大聲說話。一個賊不該這麼大聲說話。」怪獸輕聲說。

「你會說人話？」我吃驚地看著怪獸，會說人類語言的怪獸，除了角端，我還沒碰到過第二個。

「天啊！」小偷渾身抖得厲害，「妖怪！妖怪！」

怪獸沒回答我的問題。

「妖怪？」他搖搖頭，對小偷說，「現在的賊都不認識我了。自我介紹一下，我叫狴犴，幾百年以來都是看管犯人的怪獸。」

我睜大了眼睛，原來他就是大怪獸狴犴。傳說中，他是非常有義氣的怪獸，只要看到不公正的事情就會出來主持公道。所以，以前官衙的大堂兩側都會放著他的雕像。他還是監獄的守護神，古代監獄大門上都會有狴犴的形象。聽說，以前所有犯人進、出監獄的時候，都必須叩拜這個大怪獸呢！

後來我終於明白，為什麼他會說人的語言了。我聽守門的張爺爺講，怪獸狴犴原本是南宋時一個叫犴裔的人。犴裔是個獄官，就是看管監獄的人。他在看管監獄的時候，對待犯人就像對待自己的家人一樣和善，每天都跟犯人講出獄後怎樣做一個好人。犯人出獄後都來感謝他，這也招致了很多奸臣的嫉妒。一個道士陷害他，說他是瘟神，會散播瘟疫。昏庸的皇帝趙構居然相信了，下旨殺死犴裔。死之前，犴裔詛咒自己化成走獸來找那些奸臣報仇，死後他真的化身成怪獸狴犴，用龍捲風把陷害他的人都捲到山上，壓在了大山下面。

正在我胡思亂想的時候，小偷不知道什麼時候又抓起了地上的木棒，他對著猙犴說：「你別騙人了，這世界上根本沒有什麼怪獸！一定是幻覺，我的幻覺……」

猙犴嘆了口氣說：「放下棒子吧！那玩意兒可對付不了我。」

說著他輕輕眨了眨眼，小偷手裡的木棒就像小鳥一樣地飛了起來，無論小偷怎麼揮舞手臂，也夠不到它了。

「噗通！」

嘴唇發白的小偷一下子跪下了：「神獸，放過我吧！您看我什麼都還沒偷。」

他把自己的空背包打開給猙犴看。

猙犴點點頭，緩緩地說：「沒錯，所以我可以給你一個逃走的機會。」

「謝謝！謝謝！」

小偷的眼睛亮了起來，他快速收拾好背包，朝著門的方向退去。

我睜大眼睛看著狴犴，難道他真的就這樣讓小偷逃走？

「站住！」狴犴大叫一聲。

小偷嚇得停下腳步，像釘子一樣定在那裡。

「您不是說……」他嘟嘟囔囔地說。

「沒錯。我是說給你一個逃走的機會。」狴犴說，「但是條件是你要和我做個簡單的遊戲，如果你贏了，你就可以走了，我絕不會攔你。但是，如果你輸了……」

狴犴靠近小偷，「你就要留在這裡，一直等到逮捕你的人出現。」

「什麼……遊戲？」小偷結結巴巴地問。

「這個遊戲我以前心情好的時候也會和想越獄的犯人玩，很簡單，你只要回答我五個問題就可以。」

「只要回答五個問題？」

「沒錯。」狴犴點點頭。

小偷想了一下，嘗試著問：「回答問題的時候我可以看手機嗎？」

「手機？」狴犴好像不大清楚那是什麼東西，但他仍點點頭說，「看什麼都可以。」

我一下子著急起來。狴犴是古代的大怪獸，他一定不知道現在的手機透過網路什麼問題的答案都可以找到。

「等等，這是作弊！」我大聲阻止。

小偷狠狠地看了我一眼。

但是狴犴毫不在意我的提醒，他說：「沒關係，看什麼都可以。」

小偷的臉上露出了得意的微笑，他一下子有把握了。

「好吧！請問吧！」他自信地說。

「我的忠告是：回答問題一定要實話實說。」大怪獸狴犴說。

「這話什麼意思？」小偷茫然地問。

但是狴犴對他的疑問避而不答，他沉默片刻後發問：「『多情自古傷離別』的下一句是什麼？」

「這是唐詩嗎？」小偷問。

「我只問問題，不回答問題。」狴犴說。

小偷打開手機搜索，很快就找到了答案。

「啊，是宋詞，下一句是『更那堪冷落清秋節』。」他自信地回答。

狴犴點點頭，再次發問：「煙花的發明者是誰？」

「唐朝時的道士李畋。」小偷毫不費力地回答。

兩個問題了。

「宋朝的開國皇帝是誰？」

「趙匡胤。」這回小偷連手機都沒用，就脫口而出。

又是一個問題。

「北宋的都城在哪？」

「開封。」小偷輕鬆回答。

只剩下最後一個問題了。我急得直冒汗，難道狴犴真的要將小偷放走嗎？

最後一個問題，卻把小偷問住了。

「我為什麼會出現在故宮裡？」狴犴面帶微笑地看著小偷。

小偷睜大了眼睛：「這……我怎麼會知道？」

「你那個東西……對，叫手機的東西，不是什麼都知道嗎？」狴犴提醒他。

小偷這回沒那麼自信了，但他仍拿起手機迅速地搜索起來。

「你是看管監獄的怪獸……」小偷小聲嘟囔著，突然，他眼睛一亮，「對了，一定是天牢，皇宮裡的天牢，你住在那裡對不對？」

狴犴笑了，難道小偷答對了？我更緊張了。小偷卻是鬆了口氣的樣子。

然而，就在這時，狴犴突然狂吼了一聲，那聲音震得屋頂「咔咔」作響，小偷一下子癱坐在地上。狴犴走過去，圍著小偷走了一圈，還沒走完，小偷就被嚇暈了。

狴犴抬起頭對我說：「我在他周圍設下了結界，直到明天天亮有人發現他之前，他都走不出這個圈的。」

我點點頭說：「我就知道你不會這樣輕易把壞人放走的，你可是出了名的正義怪獸狴犴啊！」

狴犴笑了笑說：「沒有人知道世界上所有的事情，哪怕那個好像無所不知的手機也不會知道所有事情。」

「故宮裡是沒有天牢的，那個小偷一定是被古裝電視劇誤導了。」我得意地說，「其實，天牢根本不在宮殿裡。」

這我早知道了，皇帝的家裡怎麼會有牢房呢？清朝的天牢其實就是刑部大牢，原來的地方應該在天安門廣場的西側，人民大會堂西南方的位置。

「不過……」我撓撓頭，「既然故宮裡沒有監獄，也沒有審訊犯人的大堂，那狴犴你為什麼會出現在故宮裡呢？」

「妳沒有看過皇帝出行儀仗的隊伍嗎？」狴犴反問我。

儀仗？這我知道，就是皇帝出宮時，長長的隊伍前面舉的那些旗子、牌子、傘什麼的。古裝片裡經常有這樣的場景，故宮也曾經有過皇家儀仗的展覽。

「見過是見過……」但是為什麼我一點也想不起來，曾經在那些牌子、旗子上見過狴犴這個大怪獸的影子呢？

「那妳一定見過迴避牌吧？」狴犴接著問。

我點點頭，迴避牌可是最常見的儀仗了，紅色的木牌被人高高舉著，上面寫著大大的「迴避」二字，最上面還會趴著一個張著大嘴的怪獸。古代皇帝出巡時，大多時候老百姓們都是要躲起來的。

「難道迴避牌上那個張著大嘴的怪獸就是你？」

我看著眼前的怪獸，說實話那上面的畫像遠遠不如我眼前這個怪獸莊嚴、威武。

狴犴點點頭說：「是的，就是我。」

「那你是怎麼發現我和小偷的呢？」

難道是用法術嗎？我心裡琢磨。

狴犴嘆了口氣說：「因為我就在這裡啊！」

就在這裡？這時候我才發現，齋宮的西配房裡整齊擺放著皇帝出行的各種儀仗。啊！我怎麼忘了，這兩天故宮的一部分倉庫正在改造，有一些大型藏品就被移到了空著的宮殿。

夜已經深了，月亮升到了高處，昏迷的小偷仍然在熟睡。

我知道自己早該離開這裡，去告訴媽媽剛剛發生的一切，並讓保全叔叔來帶走小偷。但是，我還有一肚子問題。

我走到狴犴身邊，好奇地看著這個大怪獸。說實話，他雖然威嚴，但並不嚇人。也許是他曾經身為人類，讓我對他有莫名的親密感。

「那個問問題的遊戲，你經常玩嗎？」我問他。

狴犴搖搖頭：「我只和想要越獄的人玩這個遊戲。」

「有人把五個問題都答對嗎？」

「沒有。」狴犴說，「沒有人是無所不知的。有人詩詞好，但數學不好，有人數學好，但天文不好……總之，什麼都知道的人我還沒碰到過。」

「但以後就有可能了，你要知道現在的電腦越來越厲害，將來真的有可能只要帶著電腦或手機就能做到無所不知了。」我告訴他。

狴犴卻沒有露出驚訝的樣子，「電腦我也聽說過，但是就算這東西知道一切知識，那也只是知識而已。我還可以問，『我現在的心情如何？』這樣的問題，電腦也回答不出來對嗎？」

我用力點點頭，佩服地說：「那這麼說，這個遊戲，犯人怎麼都贏不了，對嗎？」

讓我意外的是，狴犴卻搖了搖頭。

「我在問問題前給了所有人忠告，回答問題一定要實話實說。」

「沒錯，但那是什麼意思呢？」我也很好奇這點。

大怪獸狴犴嘆了口氣說：「其實，沒有人是無所不知的。所以，如果我問的問題你不知道，只要實話實說『不知道』就好了。我只說讓那些人回答五個問題，並沒有說必須回答正確才可以通過。所以，如果有人實話實說自己某個問題『不知道』，其實就可以過關了。」

「這麼簡單？」我簡直不敢相信自己的耳朵，原來只要誠實地回答「不知

道」就可以。「那有人說過不知道嗎？」

狴犴搖搖頭：「從來沒有過。哪怕真的答不出來，也會瞎說一個答案試試。似乎沒人願意承認自己不知道。所以，我看管的犯人從來沒有成功越獄過。」

原來，這個遊戲的答案就是這麼簡單啊！

沒有等到天亮，得到了消息的保全叔叔和員警叔叔就把小偷從齋宮帶走了。

對，就是那個不會說「不知道」的傢伙！

叁 井神送的田螺

【參】井神送的田螺

深秋的中午。

在灑滿陽光的傳心殿院子裡，我和楊永樂正在打羽毛球。

楊永樂最近個子長得很快，已經比我高出了一大截，力氣也比我大。羽毛球一碰到他的球拍，就像清晨出巢的小鳥一樣猛然飛了起來，可是一碰到我的球拍，卻好像清風吹過的羽毛，只是輕輕一彈。

「嘿！妳用點力氣打呀！」

楊永樂嚷嚷著，我又把一個高過頭頂的球漏接了。

哼！不能讓他小看我。我猛然往上一跳，但球快得和射出來的箭一樣，根本就接不住，呼嘯著往一旁的水井裡飛去，一下子就掉進了水井裡。

我瞪了楊永樂一眼。

「你看！用那麼大的力氣幹嘛？這可是新球。」

楊永樂跑到水井旁，趴著井邊往裡看。

「這是大庖井，好多年前就沒有水了。說不定我可以跳下去撿回來。」他說。

我蹲了下來，雙手撐住井邊。只見大庖井裡黑壓壓的，可以模模糊糊看到下面濕漉漉的井底。

「看起來不太深。」我說，「不過你下去的話怎麼爬上來呢？井裡連個扶的地方都沒有。」

楊永樂想了想說：「也許我們應該準備條繩子。」

我們倆又往井裡不甘心地看了一會兒。傳心殿院子裡，到處是明媚的陽光，只有這裡是陰陰的。可能是因為這口井的上面蓋了一座井亭的緣故，陽光一點都照不到這裡。大庖井四周長滿了青苔，雖說只是一口井、一座亭子，卻

像是什麼特別的宮殿，有一點神祕和陰冷的感覺。

「這口井是怎麼沒水的？」我問。

「聽說是因為故宮挖地下倉庫，把水脈挖斷了，倉庫建好後就沒水了。」楊永樂說，「大庖井可不是一般的水井，幾百年以來，這裡面的水都只有皇帝和妃子們能喝。乾隆皇帝還專門做過水質調查，說這口井裡的水僅次於玉泉山的水。」

「真可惜。」我說。

楊永樂也覺得可惜，「聽說，以前無論下多大的雨或是天氣多麼乾旱，這裡的井水都不會上升，也不會下降。所以皇帝們都相信，大庖井裡住著龍泉井神，每年秋天都會舉行儀式來祭拜井神。」

「還有井神？」我可從來沒聽說過。

「井神是很古老的神靈，以前大家都靠井取水的時候，井神可重要了。」楊永樂說，「只不過現在大家都用自來水了，所以也就把井神忘了。妳聽說過田螺姑娘的傳說嗎？那就是關於井神的故事。」

我搖搖頭。

楊永樂跟我講起故事來。

很久很久以前，在宜興有個叫吳湛的男人，他獨自一人生活。他家旁邊有一口泉水井，因為泉水甜美，很多人都來這裡打水。吳湛於是很細心地編製竹籬，遮住井口，保護泉水，不讓塵土和髒東西掉進去。他的這種舉動感動了井神。

一天，吳湛在井邊撿到了一個大田螺，回家以後放到了水缸裡。從此以後，每天他回到家，廚房裡的飯菜就已經做好了。他很好奇。一天他剛出門不

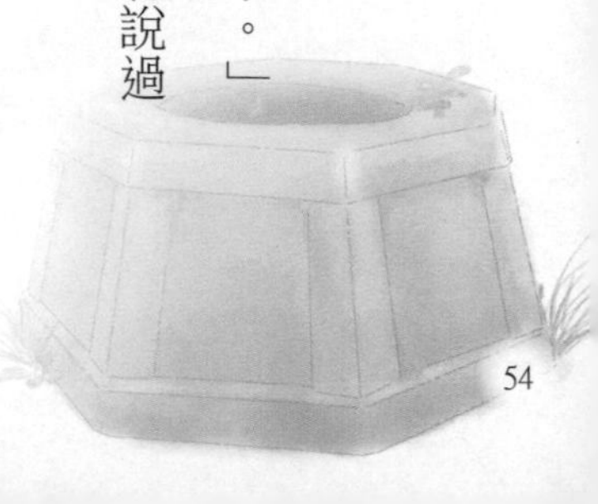

久就偷偷回到家中看是怎麼回事。結果發現一個女人從田螺殼裡出來，正為他做飯。吳湛突然闖進家門，女人被嚇了一大跳。因為吳湛不讓她回到田螺裡去，女人就和他說了實話：「你因為保護井神，所以井神讓我來照顧你。你吃了我做的飯菜，是可以得道成仙的。」說完，女人就「呼」地一下子不見了。

聽完楊永樂的故事，我重新趴到井邊往裡看。井神……一百年前那麼厲害的井神，現在去哪裡了呢？是不是隨著井水的消失而消失了呢？

看著，看著，井底突然閃亮了一下。幾乎同時，我聽到了特別輕、特別輕的「嘩啦啦」的水聲。

咦？

我懷疑起自己的耳朵來，不是說沒有水了嗎？

我使勁往井底看，沒有水，沒有反光，只能模模糊糊地看到黑黑的膠泥。

看來是我剛才眼花了。

那天晚上，媽媽要在故宮加班，我也懶得一個人回家，就睡在了媽媽的辦公室裡。睡到半夜時，突然被一股涼風吹醒。

等我睜開眼睛，我發現自己的窗前站了一個胖胖的小男孩，也就是七八歲的模樣，頭上梳了兩個圓圓的髮髻，身上穿著紅色的長袍，有點像年畫裡的小孩。

我揉揉眼睛：「你是誰？」

他皺起眉頭，不客氣地說：「妳不認識我？我可是北方最大的井神，龍——泉——井——神！」

龍泉井神？

我一下子從床上坐了起來，白天還在聽井神的故事，沒想到晚上就見到真的井神了！

「你就是以前住在大庖井裡的井神？」

「就是我。」龍泉井神點點頭。

「你居然是個小孩？真好玩。」我笑瞇瞇地看著圓圓小臉的井神。

井神卻生氣了，他嘴巴一噘說：「現在的人怎麼都這麼沒有禮貌，虧妳還是擁有洞光寶石的人。」

我捂住胸前的洞光寶石，眨著眼睛問：「你也認識洞光寶石？」

「有什麼寶物是我不認識的呢？妳也太小看我了。」井神不滿意地哼了一聲，接著說，「妳戴著洞光寶石，才可以看到我，否則你們人類的眼睛怎麼能看到我們神仙？好了，見到本神仙還不快叩拜！」

我搖搖手，不在意地說：「你不知道嗎？我們現在都用自來水，不用井水了，誰還拜井神啊？」

這下，井神一點神氣的樣子都沒有了。他低下頭，傷心地說：「我怎麼會

不知道呢？大庖井裡的井水都乾了。」

接著，他嘆了口氣說：「只是每年這時候，到了以前祭祀我們井神的日子，就忍不住從玉泉山跑回來看看，看還會不會有人記得我。雖然說現在人們都用自來水了，但是我仍然希望還有人記得我，記得我當年曾經幫助過這裡的人。」

聽了這樣的話，我開始替井神傷心了。人類從井裡取水喝怎麼也延續了上千年，而使用自來水不過是近幾十年的事情，可是現在誰會記得水井曾有的功勞呢？這麼一想，人類還真的是容易遺忘。

「你今天來找我，是需要我的幫助嗎？」我問井神，並暗暗下決心，只要井神提出要求，我一定盡力幫忙。

沒想到井神使勁地搖了搖頭，一字一句地說：「我來是要妳向我道歉的！」

「道歉？」我睜大眼睛問，「為什麼？」

井神不慌不忙地從袖子裡掏出了一個白色的東西。唉！這不是白天掉進大庖井的羽毛球嗎？

「這是妳的嗎？」井神問。

我點著頭說：「是我們打球時不小心掉到井裡的，你在井裡撿到的嗎？」

井神誇張地說：「不是我撿的，是它打到了我的頭！無緣無故地被這個東西在井裡打了一下，到現在還覺得暈呢！」

原來是這樣。一定是球掉進井裡的時候井神也正好在那裡。

我趕緊道歉：「真對不起，我們不是故意的。」

井神晃了晃手裡的羽毛球說：「光道歉可不行！」

「那要怎麼做呢？」我小心翼翼地問。

「妳知道我們井神最喜歡什麼嗎？」

我搖搖頭。

井神接著說：「我最喜歡聽洞簫聲。要想讓我原諒妳，妳就吹洞簫給我聽吧！」

我哪會吹洞簫啊？我連吹口琴都沒學會呢！

我為難地說：「可是我不會吹洞簫啊……」

井神不甘心地說：「那妳就找個會吹洞簫的人來。」

彈鋼琴還有可能，現在的人誰會學吹洞簫呢？

看著井神一副不高興的樣子，我沒了主意，這可怎麼辦呢？

就在這個時候，我突然看到了桌子上的手機。對了！我在手機裡下載幾首洞簫的音樂給他聽不就行了？現在已經是高科技時代了啊！

我高興地和井神說：「我有辦法了，你等一會兒！」

我打開手機，迅速下載了幾首播放量最高的洞簫音樂。井神也靠了過來，指著手機屏幕問：「這是什麼？」

「你馬上就知道了。」

說著，我開始為他播放洞簫的樂曲，洞簫的聲音如同女中音的歌聲，緩緩地從手機裡流淌出來。在漆黑的深夜，顯得特別憂傷。一首樂曲播放完，井神居然已經淚流滿面。

「這是妳的魔法嗎？好久沒聽到這麼美妙的洞簫聲了。」他說。「已經記不清有多少年沒有人在祭祀井神的日子吹洞簫了。」

「這是網路的魔法。如果你喜歡，可以隨時來找我，我放給你聽。」我輕聲安慰他。

「真的？」

「真的。」我用力點點頭。

井神高興了起來，圓圓的小臉變得紅通通的。

「妳真好！」他說，「好久沒人對我這麼好了。我要送妳一個禮物，妳說

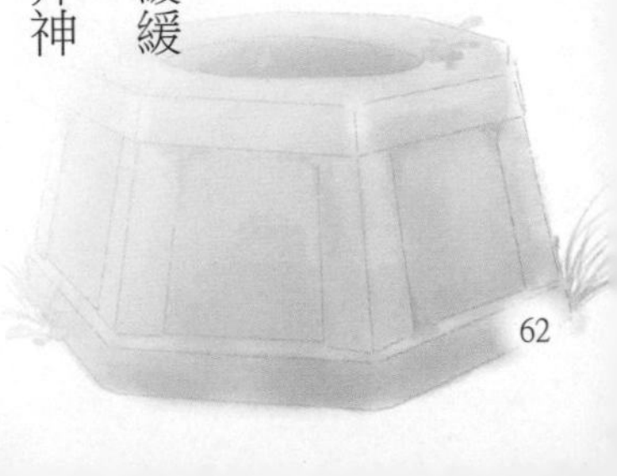

吧！想要什麼？」

「禮物？」

「對，對，什麼都行，怎麼說我也是神仙。」

有這樣好的事？那我可要想想。我扶著腦袋想來想去。

「快點，快點。」井神在一旁催我。

有了！

「我想要一個田螺姑娘，一個可以幫我寫作業的田螺姑娘。」我響亮地說。

「田螺姑娘沒問題，但是作業是什麼？」井神問。

「作業……作業就是老師給我們留的功課，就像以前私塾先生讓學生回去寫毛筆字什麼的。」我邊比劃邊解釋，「你明白了嗎？」

井神想了想，點點頭說：「大概明白了。沒問題。」

說著，他像變戲法般地從袖子裡掏出了一個饅頭大小的大田螺。

「妳把她放到水裡，田螺姑娘就會出來幫妳做那個什麼作業了。」

「太好了！」

我接過田螺，高興得跳了起來。以後都不用寫作業了，想想都覺得輕鬆。

和井神告別後，我小心翼翼地把田螺塞進書包裡，連睡覺都把書包抱在懷裡。

第二天一放學，我就把田螺泡到了洗手間的水池裡。果然，沒過一會兒，一個梳著雲頭、穿著古代長衫的女人就從水池裡走了出來。

她輕輕向我施了一禮，我慌慌張張地點了點頭，趕緊把她帶到我的書桌前。那上面早就擺好了今天老師留的各種作業。

田螺姑娘輕輕地坐到書桌前，拿起我的筆仔細看了看，又在紙上試了試，似乎很好奇，這筆沒有蘸墨怎麼就能寫出字來。等到她熟悉了筆，就開始在我的作業本上寫起來。

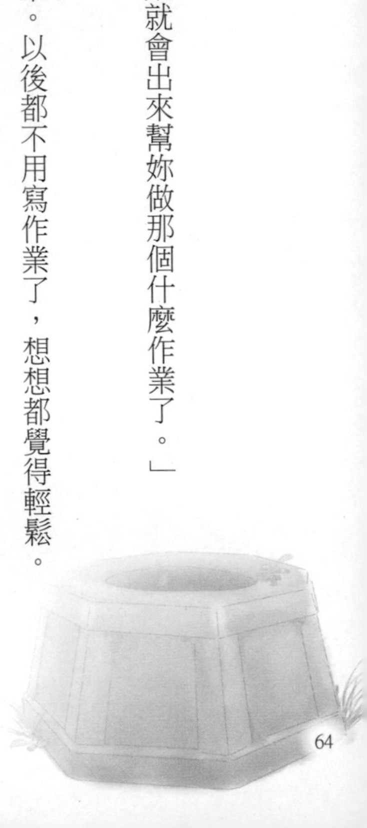

我呢？則舒服地躺在自己的小床上，拿著漫畫看了起來。一想到以後放學都會過這麼輕鬆的日子，我就忍不住笑出了聲。

田螺姑娘不愧為神仙變的，寫作業比我寫得快多了。平時我要寫兩個多小時的作業，她居然半個小時就寫完了。

寫完後，她又輕輕向我施了一禮，就自己回到田螺殼裡去了。

我高興地開始看她幫我寫的作業，可是越看，我的眉頭就皺得越緊。這寫的是什麼啊？數學題連阿拉伯數字都沒有，寫的全是中文，這就算了，她居然沒有一道題做對，全都做錯了！作文更別說了，寫的居然都是文言文，別說我看不懂，大概連語文老師也不一定能看懂。英語就更慘了，上面都是鬼畫符……這就是神仙幫我做的作業？我一屁股跌坐到椅子上。

過了好一會兒，我才緩過神來。仔細想想，田螺姑娘可是三百多年前的神仙，她要是會做我們現在的作業才奇怪呢！

我一頭跌在課桌上，這下慘了，不但沒有省事，還要全部重寫。媽媽說得對，想偷懶是不會有好結果的。那天晚上，我寫作業一直寫到半夜。

既然不能再讓田螺姑娘幫我寫作業，那這個田螺可怎麼處理呢？留著做紀念？裡面的田螺姑娘怎麼辦？要不要喝水？要不要吃飯？

想來想去，我決定把這個田螺還給龍泉井神。

我特意挑了放學早的一天，抱著書包穿過景行門，穿過傳心殿，來到了大庖井旁。

黃昏的天空如夢幻般地映射到井裡，沒有水的井底也顯現出暖暖的橙色。

「喂……」我對著井裡喊，「井神，你在嗎？」

「喂……」

井裡只傳來了短短的回聲。

我等了一會兒，又「喂」了幾聲，仍然沒人回答。

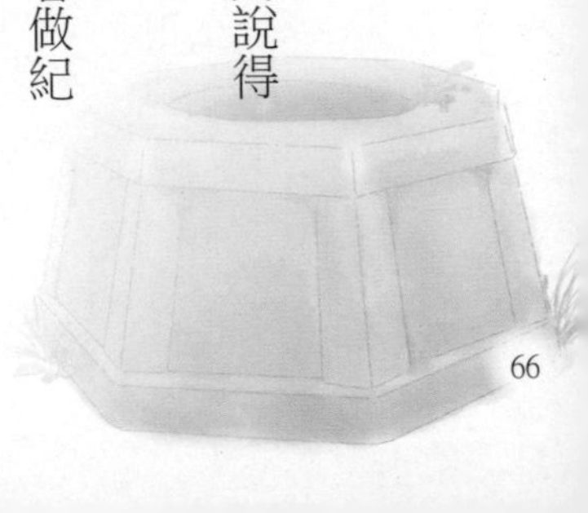

那只能先這樣了。我拿出田螺，瞅準了，輕輕地扔到井裡。心裡想著，等到下次井神來的時候，應該就會取走她。

可是，田螺還沒掉到井底，就「噗」地一聲，像突然被點燃的煙火一樣，變成了一個橘紅色的火球，把井都照亮了。緊接著，又「噗」地一聲，火團消失了。井裡只剩下淡淡的白煙，一點一點地浮上來。煙慢慢飄散，大庖井恢復了原來的樣子，就和什麼事情都沒有發生過一樣。

肆 故宮藏寶圖

【肆】故宮藏寶圖

陽光、枕頭、柔軟的床……

美好的星期六怎麼能不睡懶覺呢？

睡夢中，我突然覺得眼睛癢起來，好像有人在對著我的臉吹氣。

「楊永樂！」我不睜開眼睛也知道是誰。

耳邊傳來一陣「咯咯」的笑聲。不對！這不是楊永樂的聲音。我猛然睜開眼。

天啊！這是誰？

一個看起來眼熟、胖嘟嘟的男孩正在我面前捂著嘴笑。

難道……

「元寶？」我大叫一聲。

沒錯，雖然他長高了，更加肉嘟嘟了，但是我還能認出他，那個曾經離家出走到故宮探險的男孩——元寶。

元寶一把摟住我說：「小雨，我想死你們了！」

我一把推開他，看著他的眼睛問：「你不會又離家出走了吧？」

元寶噘著嘴說：「哪有！是我媽帶我來看你們的，她正在院子裡和妳媽聊天呢！」

我鬆了口氣，這下不用擔心他睡龍床被保全叔叔逮住了。

「走，找楊永樂去！」我掀開被子，拿起外套。

這時，只聽見角落裡幽幽地傳來一個聲音：「我在這兒呢……」楊永樂從椅子上抬起頭。原來他一直坐在桌子後面。

楊永樂一手拿著巴掌大的一張紙，一手拿著放大鏡，正在認真地研究什麼。

「你在看什麼？」我湊過去。

元寶卻突然拉了我一把，壓低聲音說：「小聲點，那是我撿到的故宮藏寶圖。」

藏寶圖？我笑了，怎麼會有這種東西。

「你開玩笑的吧？」

沒想到元寶一臉嚴肅地說：「是真的，我纏著我媽來找你們就是為了這件事。」

我很感興趣，小聲問他：「快說說，怎麼回事？」

原來，元寶這次和媽媽來北京是為了參加青少年鋼琴比賽。他們住在朝陽區通惠河旁的一家賓館裡。早上，媽媽為了讓元寶放鬆心情，帶他

去河邊散步，看到一個環保工人從河道裡撈垃圾和枯葉。元寶忽然停住腳步，指著那些垃圾問：「那是什麼？」

只見垃圾堆裡有個東西，在太陽照射下熠熠發光。

「大概是碎玻璃什麼的。」媽媽說。

元寶跑了過去，把那半埋在垃圾裡的東西挖了出來，是個陳舊的小瓶子，瓶口還塞著瓶塞。

媽媽用自來水把瓶子洗了洗，搖搖頭說：「太髒了，扔了吧！」

元寶拿過瓶子，迎著陽光往裡看，可是瓶子不透明，根本看不到裡面裝著什麼。他用手搖了搖說：「這裡面好像有什麼東西。」

「不會是妖怪吧？」媽媽嚇唬他。

「媽媽，那我要不要準備好三個願望？」元寶認真地問。

媽媽「噗嗤」一下子笑了，「哪裡有那麼好的事情？你又不是阿拉丁。」

回到賓館，媽媽去辦理報名手續，把元寶一個人留在房間裡。元寶把瓶子放在桌子上觀察了很久。這是個不大的陶瓷瓶子，像是裝過什麼藥的藥瓶，有點髒，即便媽媽洗過了，仍然很髒，那些污漬，水都洗不掉。

他準備打開它，然而瓶塞塞得很緊，拔了半天也拔不出來。這讓他更好奇了，他有預感，這裡面一定藏著什麼好東西。他打電話找賓館的服務員幫忙。年輕的女服務員一臉嫌棄地看著那個瓶子，「這個我也打不開，但你為什麼不用石頭砸開呢？」

好主意！

元寶立刻下樓找了塊不小的石頭。

「嘭！」

瓶子被砸開了，裡面裝著一張紙，只有便條紙那麼大，上面畫著奇怪的圖案。不知道因為受潮了還是時間太久了，那些圖案已經褪色了。

元寶把紙張帶回房間，歪著頭猜想，這到底畫的是什麼呢？這很像一張地圖，上面畫著房子、花園、山丘、湖……還有一處畫上了一個特別的十字形符號。

元寶看了很久，也看不出什麼名堂，最後他賭氣地把圖翻過來。結果，他發現根本用不著猜來猜去，因為這張紙的背後工工整整地寫著幾個字：「故宮藏寶圖」。

聽了元寶的故事，我覺得有些不可思議。「真的有那種東西？藏寶圖？沒有藏在故宮，而是漂到了通惠河上？」一連串的問題，我脫口而出。

「有可能。」一直在研究藏寶圖的楊永樂說話了，「通惠河的水道其實是和金水河相連的。」

「怎麼可能？兩條河離那麼遠？」

「它們之間有相連的暗河，所以妳看不到。金水河的水會透過暗河注入通惠河。」楊永樂說，「所以這藏寶圖很有可能是從故宮裡流出去的。」

我趴下來看著那張藏寶圖，它畫得很簡單，看樣子，畫這個的人不太擅長畫畫。

「如果藏寶圖是真的，會是誰畫的呢？」我很好奇。

「這個我也想過。」元寶接過話，「這幅畫很粗糙，這個人應該文化水準不高。我覺得有可能是哪個太監，偷了什麼寶貝，怕人發現就藏在了故宮某個地方，又怕自己忘了，就畫了這張圖藏在瓶子裡，結果不知道什麼時候弄丟了。」

「好故事！」我真心實意地說。

「無論如何值得試一試。」楊永樂說，「我剛剛研究了一下，這張圖並不複雜，我們應該能找到。反正不會有什麼損失，我們幹嘛不試試？如果這真的是一張藏寶圖，那我們可幸運了！」

我點點頭，楊永樂說得對，除了花點時間，這沒什麼難的。何況，尋找寶藏可是件又刺激又好玩的事情。

看見我也同意了，元寶和楊永樂眼裡閃出喜悅的光芒。

「我和我媽說了，要和你們待一個晚上，我們現在就動手怎麼樣？」元寶提議。

「好啊！」我和楊永樂異口同聲地說。

我們著手進行尋寶的必要準備：和園丁叔叔借了把鐵鏟，準備好指南針和手電筒，在水壺裡灌滿了水。與此同時，熟悉地形的楊永樂依照簡單的藏寶圖在另一張紙上畫下更為詳細、準確的地圖。一切準備工作就緒，我們簡單吃了點午飯，就出發了。

雖然藏寶圖裡很多標誌並不明確，但是對我和楊永樂來說這不是問題，我們實在太熟悉故宮了。靠著猜測，我們也能找到那些地圖上的標誌。途中也猜錯了幾次，走了幾次冤枉路，不過還好我們最終還是走到了正確的路線上，一切都很順利。

天還沒黑，楊永樂就低聲說了一句：「快到了！」

我抬頭一看，在我們面前的正是英華殿。

英華殿並不是住人的宮殿，而是一座佛堂。它裡面供奉著女神「完立媽媽」。聽說完立媽媽活著的時候本來是明朝萬曆皇帝的母親慈聖李太后。有一年故宮裡的蓮花在春天就開放了，李太后做了一個夢，夢到一位菩薩，披著七彩的衣裳，騎著金色的鳳凰。夢醒以後李太后寫下了《九蓮經》。她死後，明朝的人們奉她為九蓮菩薩。傳說，清太祖努爾哈赤曾經在明朝時被萬曆皇帝捉住，是李太后勸說萬曆皇帝放了他。後來，為了報恩，清朝歷代皇帝都把她當作女神供奉，並稱她為完立媽媽。

眼看著就要到終點了，我們又緊張又興奮。

「一會兒要是真的找到寶貝，我們要慶祝一下。」元寶說。

「對，把我們帶的可樂拿出來，乾杯怎麼樣？」楊永樂提議。

「你們還真樂觀……」我搖搖頭。

三個人就這樣鬧著、喊著走進了英華殿的院子。地圖這一段很清晰，地形

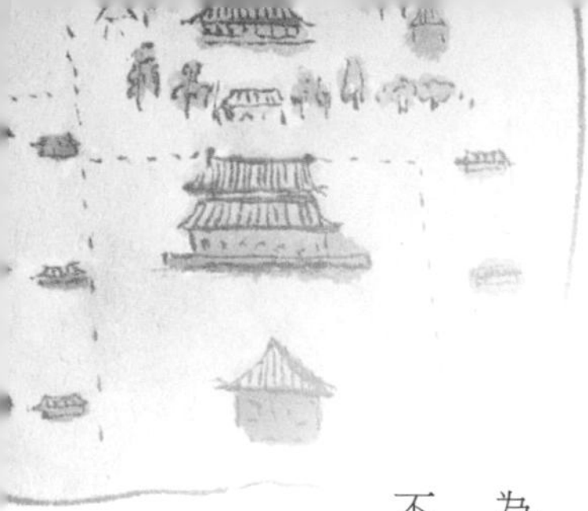

與圖完全一致，我們一點都沒迷路。

英華殿前綠樹成蔭，高大的菩提樹散發著好聞的清香味。這裡最有名的是兩棵明朝時種下的大菩提樹。相傳這兩棵樹是「完立媽媽」李太后親手種下的。其中東邊的一棵彎曲的樹幹上生長著九根粗壯的樹枝，所以又被叫作「九蓮菩提樹」。每年六月，菩提樹會開出滿樹金黃色的花，秋天的時候還會結出金線菩提子。

在認真比對了地圖後，我和楊永樂都認為，地圖的終點就是這棵九蓮菩提樹。還不到菩提樹開花的時節，嫩綠色的樹葉鋪滿

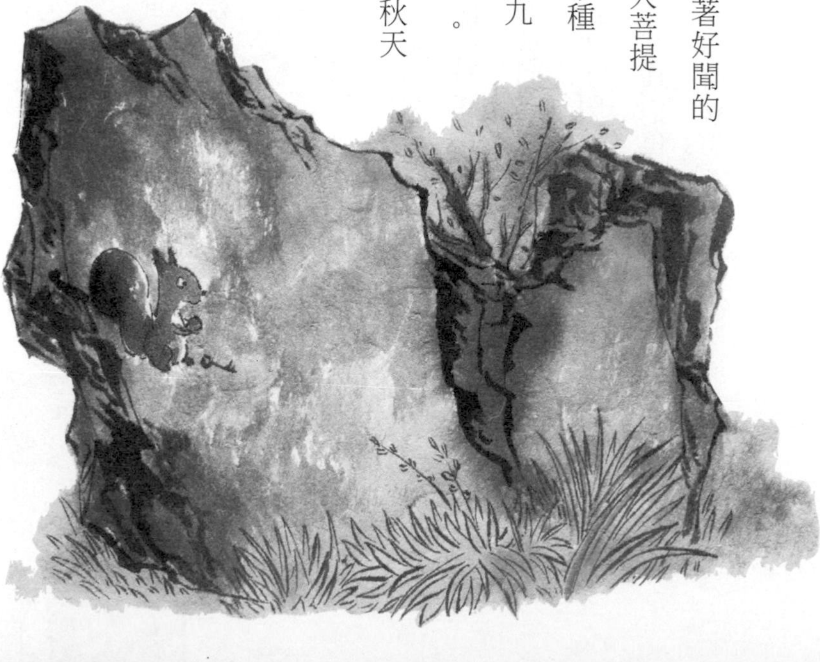

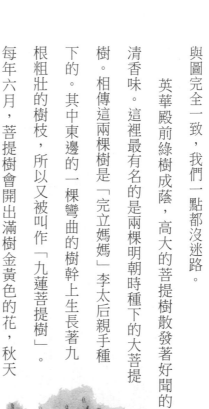

天。

我們又仔細比對了一下。

「沒錯，與藏寶圖畫的完全一致，就是這裡！」我的心激動得「怦怦」直跳，「寶貝正等著我們呢！大家都好好找找！」

天色已經暗了下來，元寶打開了手電筒。我們仔細在菩提樹周圍尋找著痕跡，不用說這裡肯定不會放著裝滿寶貝的箱子，否則早被路過這裡的人拿走了。我們一致認為，寶貝一定是在這附近的哪塊地下埋著呢！

我們找了好一會兒，卻一無所獲，樹下的地面上看不出有什麼特殊的標誌。天越來越黑了，東西越來越看不清楚，我們決定明天一早再來。

晚上，我們一直在商量藏寶圖的事，甚至認真地把白天走過的路線和藏寶圖核對了一下，確認我們絕對沒有走錯路，才安心睡覺。

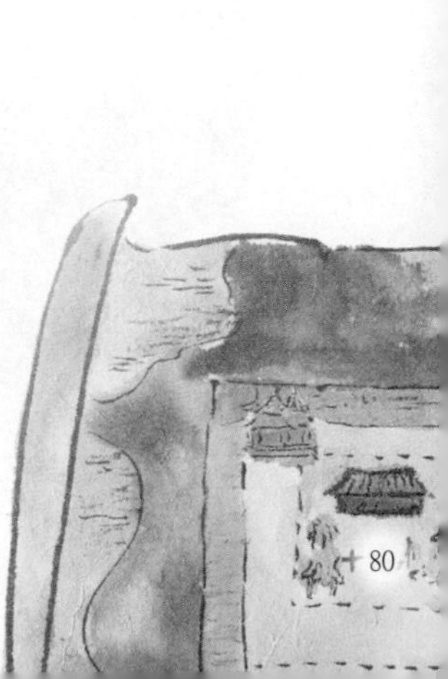

星期天，我起得比我媽媽還早，還沒來得及吃早餐，就朝英華殿跑去。

元寶昨天和楊永樂睡在一起，大概兩個人會鬧到很晚，不知道什麼時候才會起床。

等我走進英華殿的院子，我才知道自己的擔心是多餘的，元寶和楊永樂已經蹲在菩提樹下了。

「妳可來了！」楊永樂看見我不屑地說：「真能睡。」

我沒理他。

「小雨，快過來，看我們發現了什麼。」元寶對著我激動地揮著手。

我跑過去，他指的是一塊裝飾院子的岩石。

「什麼？」

「看這塊石頭上！」

我仔細一看，那塊大岩石上面居然畫著一幅畫，一隻松鼠抱著一個榛子般的堅果，旁邊還畫著一把鑰匙。

「這是什麼意思？」我問元寶。

「楊永樂認為，這畫的意思是找到寶藏需要找到一隻松鼠，向他要一個堅果，那隻松鼠或是堅果擁有開啟寶藏的鑰匙。」元寶認真地回答。

「有道理……我就覺得寶藏那麼貴重的東西，是不可能一下子找到的。」我思考了片刻，又皺起了眉，「可是，我們連寶藏都沒看見，要鑰匙幹嘛？」

「我們現在只剩下這個線索了，當然是先找到松鼠再說。」楊永樂在一旁說，「說不定找到那隻松鼠後，就可以知道寶藏在哪了。」

我點點頭，又提出了新的問題：「如果那張藏寶圖很古老，畫上的這隻松鼠應該早就死了吧！」

「也許松鼠也和人一樣，可以把職責一代代地傳承下去，說不定他的重孫子、重重孫子還活著……」元寶胡亂猜想著。

沒等他把話說完，我們身後一個怯怯的聲音響起來：「你們……是在找我嗎？」

我們吃驚地轉過頭，一隻小松鼠正站在菩提樹上，手裡抱著一個圓圓的堅果看著我們。那樣子就和石頭上畫的一模一樣。

「你就是這塊石頭上畫的松鼠？」楊永樂懷疑地問。

松鼠點點頭，誠懇地說：「絕對不會有假，那就是我。」

然後，他伸出手裡的堅果問：「你們是在找這個吧？」

我們有點喜出望外，多麼幸運啊！故宮裡那麼多的松鼠，我們要找的那隻卻毫不費力地就出現在我們面前。

我接過堅果，不，這個東西不太像堅果，倒像是種子。

「這是什麼？」我問松鼠。

松鼠甩了一下大大的尾巴說：「這是菩提子。」

「菩提樹不是還沒有結果嗎？」我問。

松鼠根本不理我的問題，不耐煩地問：「你們要不要？」

楊永樂皺皺眉問：「這就是畫上的鑰匙？」

松鼠點點頭，肯定地說：「就是畫上那個。」

元寶已經高興地跳了起來，「太好了，沒花力氣就拿到鑰匙了。小松鼠，謝謝你！」

松鼠卻搖搖頭：「不能白給你們。」

我們睜大了眼睛。

「那怎樣才能給我們？」我問。

「拿五十顆開心果換。」松鼠回答。

這時候我們去哪裡找開心果呢？

元寶有點著急了，他問：「我們沒準備開心果，要不這樣，我給你錢行不行？你可以自己去買。」

松鼠想了好一會兒，才點了點頭。

我們湊了錢給松鼠，松鼠拿了三顆菩提子給我們。

拿到錢的松鼠看起來很高興，於是元寶趁機問：「拿到菩提子了，那寶藏在哪呢？」

松鼠睜大眼睛問：「什麼寶藏？我從來沒聽過這裡有什麼寶藏啊？」

「怎麼可能？」元寶拿出藏寶圖說，「這上面標的地方不就是這裡嗎？」

松鼠看了看圖，驚訝地說：「你怎麼會有我的廣告？」

「廣告！」我們三個人幾乎同時叫出了聲。

「我們英華殿的松鼠每年秋天會把成熟的菩提子收藏起來，到了第二年春天或夏天，沒有食物的時候會把它們拿出來換食物。但是願意來這裡和我們換食物的人實在太少了，所以怪獸斗牛就給我出了這個主意。」松鼠爽快地說，「你這樣的圖紙我畫了好多呢！畫的就是我這裡的位置。我把它們裝進瓶子扔到金水河裡，又在這塊石頭上畫上了我和菩提子，結果，生意一下子就好得不行。你們這三顆菩提子已經是最後三顆了……」

我、元寶、楊永樂呆呆地站在那裡，看著松鼠叼著錢高興地爬上樹，一會兒就消失不見了。

我們看著手裡的菩提子，真沒想到，花了這麼大力氣最後只得到了几顆樹

種而已。

傍晚的時候，元寶和我們告別，離開了故宮。雖然沒能找到什麼寶藏，但是我們仍然玩得很開心。

睡覺前，我在燈光下玩松鼠給的那顆菩提子，被媽媽看見了。

「什麼東西，拿來我看看。」

我遞給她：「是一顆菩提種子。」

「從哪弄來的？」她拿過來仔細看。

「松鼠給我的。」

我實話實說，她卻以為我在開玩笑。

「松鼠好大方啊！這可是金線菩提子呢！」她笑著說。

「金線菩提子？」

「嗯！就是英華殿前的那棵九蓮菩提樹上的菩提子。」

「和一般的菩提子有什麼不同呢？」我問。

「它比一般菩提子小，顏色黃一點，分瓣的地方有明顯的白線。」媽媽回答說，「妳看，就是這條。」

我湊過去看，真的，這顆菩提子分瓣的地方有一條細細的白線。

「收藏古董的人稱它們為多寶珠。」她接著說。

「因為它很值錢嗎？」

「不，因為它很少見，而且很多信佛的人非常寶貝它。」媽媽把菩提子還給我，「也算是個寶貝，妳好好珍藏著吧！」

我捧著金線菩提子，一會兒看看它的形狀，一會兒看看它那特殊的線。沒想到我們真的找到了寶藏，只是這寶藏和我們想像中的不大一樣。

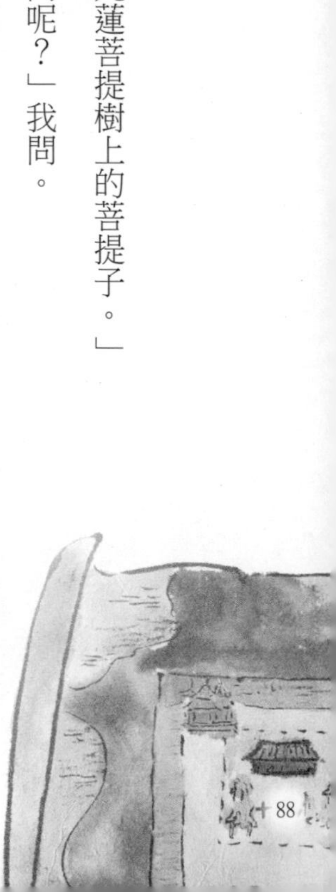

伍

埋葬在故宮的大象

「小雨！故宮挖出恐龍化石了！」

我在媽媽辦公室屁股還沒坐穩，楊永樂就一頭闖了進來。

「恐龍化石？」

我一下子站起來。

「在哪？」

楊永樂上氣不接下氣地說：「就在……就在……西牆根那邊，不是在挖下水管道嗎？結果，挖出那麼大一塊動物骨頭的化石……」

楊永樂用手臂比畫著，按照他比畫的樣子，那骨頭至少有一面牆那麼大。

我一把拉住他的手腕就往外跑。

「走，帶我看看去！」

故宮裡什麼寶貝都有，但是挖出恐龍化石這種事，絕對是第一次，十分稀

奇。

西牆的工地已經圍了好多人。我們從人縫裡鑽進去，發現已經有專家在查看那塊大骨頭了。

那塊骨頭雖然沒有楊永樂比畫的那麼大，但的確是一塊巨大的骨頭，足足有一扇窗戶那麼大，我還是第一次見到這麼大的骨頭。

幾位考古專家討論著什麼，楊永樂把耳朵湊過去，聽了半天。

「專家們怎麼說？」我小聲問他。

楊永樂皺皺眉，在我耳邊說：「他們說這應該不是恐龍化石，因為這塊骨頭還沒來得及變成化石呢！所以它的主人應該不是恐龍。」

「那是什麼？」我更好奇了。

「他們說這應該是什麼動物的，但好像還要讓動物專家查證一下……」

我一把拉住楊永樂問：「你說，這會不會是哪個死去的怪獸的骨頭？」

我的腦海裡，一個名偵探柯南般的謎案已經鋪開了，我甚至想天一黑就去找怪獸偵探朝天吼幫忙。

楊永樂揮了揮手：「別瞎說，怪獸怎麼會死呢？」

「那你說，除了怪獸，什麼動物的骨頭會這麼大，而且埋在故宮呢？」我反問他。

楊永樂想了半天，最後搖搖頭。他也想不出來，這塊皇家的土地下怎麼會有這麼大的骨頭。

整整一個下午，我和楊永樂都被這塊巨大的骨頭迷住了。我們待在媽媽的辦公室裡，編造的各種離奇故事可以寫上一本偵探小說了。

吃完晚飯後，我們決定再去看看那塊大骨頭。因為不是恐龍化石，骨頭沒

有被運走，仍然躺在小小的土堆上面。只是四周圍上了不讓人靠近的警戒線。

我們乖乖地站在警戒線外，看著那塊大骨頭。月光下，它散發著淡淡的白光，說實話，有點嚇人。

晚風很涼，可是我胸前的洞光寶石卻熱呼呼的，我低頭一看，洞光寶石耳環又開始發光了。我詫異地抬頭看楊永樂，發現他同樣驚慌地看著我。我低頭一看，他脖子上掛的洞光寶石也散發著淡淡的光。

「我們還是趕緊離開吧！」他說。

我點點頭，我們轉頭準備離開，卻一眼看到了意想不到的景象。

我們身後，那條宮殿之間的夾道，不知從什麼地方透進了黃色的光。如月光般朦朧的、淡黃色的光芒裡，一群大象排成一排，邁著整齊的步伐走過來。

他們不像是動物園裡的那種大象，每隻大象身上都掛著華貴的裝飾，寶石在他們身上閃閃發光。有的大象身上馱著彩色的寶瓶，有的背上放著金黃色的座椅，有的甚至馱著一座小小的仙島……

大象們慢慢踱著步，離我們越來越近。我和楊永樂被眼前的景象嚇呆了，一動也不動地看著他們。

象群繞過了我們，邁過警戒線，來到了那塊巨大的骨頭前面。

所有的大象圍成了一圈，他們好奇地看著那塊骨頭，輕輕地用腳和長鼻子去碰碰它，像在檢查骨頭的形狀。他們不斷地聞著骨頭的氣味，彷彿在辨別死去的是誰。

「他們在幹嘛？」我壓低聲音問楊永樂。

楊永樂搖搖頭，可是另一個細細的聲音卻回答了我。

「大象們在為他們的夥伴舉行葬禮。喵。」

我低頭一看，不知道什麼時候，野貓梨花已經跟著象群來到了我們身邊。

我吃驚地問：「妳是說，這塊骨頭是大象的骨頭？」

梨花點點頭說：「準沒錯，大象能辨認出自己同類的骨頭。」

「故宮裡什麼時候來了這麼多大象啊？」楊永樂皺著眉頭，一副想不透的樣子。

「你怎麼會不知道？這些都是寶象啊！」梨花誇張地揮了揮爪子說，「故宮裡到處都是寶象。」

梨花說得沒錯，故宮裡最常見的裝飾就是寶象了。御花園承光門兩旁，就有一對鍍銅的寶象。太和殿、坤寧宮、太極殿、養心殿……好多宮殿裡的寶座兩旁，都擺著寶象背著水瓶的玉雕，他們被稱為「太平有象」，是天下太平、五穀豐登的意思。在古代，寶象和白鹿一樣，一直被人們看作吉祥的怪獸。

寶象們停止了撫摸和聞那塊大骨頭，他們之中領頭的一隻突然一甩鼻子，捲起了大骨頭，似乎要把它帶到其他的地方去。這可不行！

我不知道哪裡來的勇氣，邁過警戒線，跑到他們中間。「喂！等等！」

寶象們停住了腳步，好奇地看著我。

「你們不能把骨頭帶走。雖然，我不知道這塊骨頭的故事，但無論如何它都應該被收藏到博物館裡。」我說。

領頭的寶象輕輕放下了骨頭，他說：「我們只是想為莽墨找一個更好的地方埋葬。」

他的聲音低沉而有力，像是低音大圓號發出的聲音。

「莽墨？你說這隻死去大象的名字叫莽墨嗎？」

我睜大了眼睛，沒想到大象還有名字。

寶象點點頭。

這時，一直沒有說話的楊永樂出聲了：「莽墨……他是寶象嗎？」

領頭的寶象看了看楊永樂，輕聲說：「他是曾經生活在故宮裡的一頭真的大象。」

「故宮裡生活過大象？」我忍不住叫出了聲。

寶象「哼」了一聲，「當然，而且不只有莽墨一個，住在這裡的皇帝，每個都養過大象。像乾隆皇帝就曾經養過四十頭大象。大象，是故宮裡的招牌寶物。」

「他們……是皇帝的寵物嗎？」楊永樂問。

「不，」寶象回答，「他們是皇帝的臣子。」

他告訴我們，故宮裡的每頭大象不但擁有自己的官職，而且和官員們一樣每月領薪水。他們住在單獨的象房裡，有自己的奴僕，這些人被叫做象奴。象奴們要為大象們洗澡，準備好吃的，哄他們睡覺，日夜照顧剛出生的象寶寶，在冬天用薑、糖拌飯為象寶寶驅寒暖身……但最重要的是，象奴們還要幫助大象們排練皇家出行儀仗時的動作。

每當皇帝朝會的時候，會有六隻大象在故宮午門的儀仗隊伍裡站班。皇帝沒到的時候，大象可以自由遛彎兒，吃磚縫裡的青草。一旦午門內的大鐘敲響，大象就會站好迎接皇帝和官員們。要是碰到非常大的典禮，會有二三十頭大象站在午門外，揚起長長的鼻子，交叉搭成門洞。

如果大象惡作劇，用鼻子絆倒了大臣，犯了錯，和受罰的大臣們一樣，他們也會被皇帝懲罰降低官職，減少薪水。他們每頭都有自己的名字，也有自己的職位，職位分「導象」、「寶象」和「駕輦象」三種。

導象是開路象，會走在儀仗隊伍的最前面，他們披著藍色的鞍子，戴著華麗的頭飾。導象後面跟著的就是寶象，他們身上會披掛著閃閃發亮的金銀珠寶，珍珠編結的網子，金光閃閃的銅鈴，絲綢和羽毛編織成的流蘇……他們背上還馱著寶石鑲嵌的寶瓶，寓意「太平有象」。最後面跟著的就是駕輦象，他們背上是鍍金的寶座，偶爾皇帝會坐在上面接受大臣們的朝拜。這些大象們身材高大，在儀仗隊伍中威風八面，都是皇帝的寶貝。

「那時候，每年六月初六，象群會在鼓樂隊的導引下，去宣武門外的護城河洗澡。全北京城的人都會跑來參觀。」寶象說，「大家認為『洗象』和『喜象』同音，所以都要來沾沾喜氣。」

我和楊永樂、梨花都聽入迷了。沒想到，故宮裡居然還有這麼多大象的故事。

「那這塊骨頭的主人莽墨是一頭什麼樣的大象呢？」我問。

寶象嘆了口氣，那聲音如吹過巷道的風。

「莽墨曾經是咸豐皇帝最喜歡的一頭大象……」

寶象說，如果他沒記錯，莽墨是在清朝咸豐三年的時候被送到故宮的。他從緬甸來，和他一起來的還有角斗、戛那走、那紀麻、看麻四隻大象。他們每隻都很高大、強壯，但是莽墨比其他大象還要高大、強壯，走在皇帝儀仗隊伍

中，威風極了。他被皇帝封為金輦象，如同大將軍般是朝廷一品官員。

因為皇帝太喜歡莽墨了，每天都想看到他。於是每天一早，踏著火一般紅的朝霞，莽墨就會從宣武門的象房出發來到故宮裡。

忘記是從什麼時候開始，莽墨每天都會看到那位少女，穿著一件碎白點花紋布的衣服，光著腳，頭髮梳到後面紮了一個結，雖然沒化妝，但皮膚卻閃閃放光，嘴唇紅紅的。

少女是來看大象的，也不知道跑了多少的路，腳丫上都是泥。她目不轉睛地看著莽墨，無論莽墨已經走了多遠，只要一回頭，就會看到少女的眼睛。

莽墨開始做夢了，每天都夢到那少女的眼睛。每當醒來，他就會想，要是變成一個人就好了。

一個清晨，莽墨真的變成了一個有生命的男孩——一個穿著淺灰色的襯衫、長長睫毛、大大眼睛的少年。大象是有魔法的動物。

他捂著「咚咚」跳個不停的胸膛，向大街上走去。已經微微發紅的東邊的天際，飛過一群鳥。

看見了，看見她了。

那少女和往常一樣，穿著舊花布的衣裳朝著莽墨的方向張望。

莽墨跑到她面前，用低沉的聲音問：「妳在等誰？」

少女一下子愣住了，驚訝地結巴起來：「在……在……等大象。你是誰？」

「我叫莽墨。妳叫什麼名字？」

少女低聲答道：「我叫丁香。」

知道她的名字了！

莽墨快樂地笑了起來，他心中立即就喚起了一股暖洋洋的歡樂。

「妳為什麼每天都要在這裡等大象呢？」

「那隻大象可神氣了！」丁香開心地說，「世界上還有那麼神奇的動物

呢！只要這麼一想，什麼煩惱都沒有了。」

「妳喜歡他嗎？」

丁香毫不猶豫地點點頭。

莽墨高興地跳了起來。

「我已經迷上那隻大象了。」丁香說，「可是他有好多人看著，我靠近不了他，只能遠遠地看上一眼。」

「你想摸他嗎？」莽墨問。

「想啊！」

……

就在這時，遠處響起了越來越近的馬蹄聲。莽墨知道，那是來追他的象奴和士兵們。

「糟糕，有人來追我了！」他對丁香說。

「怎麼了?到底……」丁香看著莽墨的眼睛，只猶豫了一秒鐘就馬上用低沉的聲音說，「躲起來!那裡有一間破房子，躲到那裡面去！」

那是一間人們堆放工具、連房頂都沒有的房子。莽墨朝那裡跑去，丁香的聲音從身後傳來：「緊緊趴到牆後面，不要怕！」

這時，少女彷彿變成了莽墨的母親或姐姐。

那之後沒過多久，一大群人騎著馬衝了過來。

「看見一隻大象了嗎？」一個士兵問。

「大象？」丁香睜大了眼睛，難道……

「大象今天還沒來過呢！」她回答。

人群朝別的方向去追了，丁香小心翼翼地走到破房子邊上說：「喂！已經沒事了。」

然而這個時候，莽墨已經不在房子裡了。空蕩蕩的破房子，只有灰塵在空

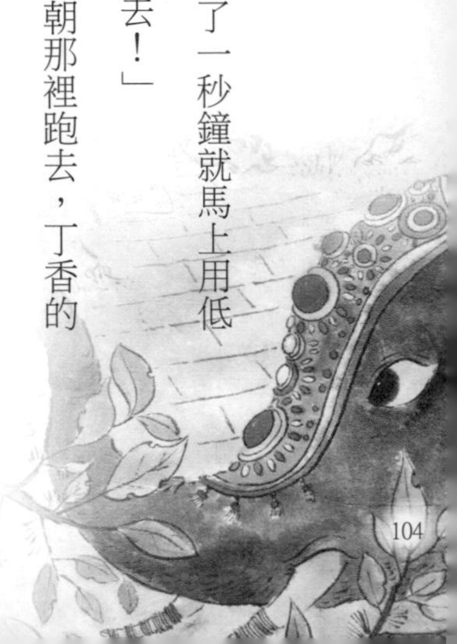

中飛舞。

第二天，變回大象的莽墨依然是清晨出發。他剛剛被降低了官職，也罰了錢，但卻神采奕奕。

丁香站在老地方，仍然穿著舊花布的衣裳，光著腳。她目不轉睛地看著莽墨慢慢走過來，就在經過她眼前的一瞬間，大象莽墨突然衝出了隊伍，跑到她面前，伸出長長的鼻子捲起了丁香。

所有人都驚呼出聲。在北京，大象發怒摔死人的事情不是沒有發生過。但是誰也不會為了那麼一個貧賤的丫頭衝過去阻止大象。

只有丁香不害怕，她直視著大象的眼睛，那雙長長睫毛、大大的眼睛。她知道他是誰，她知道他不會傷害她。

少女伸出瘦弱的手臂，微笑著撫摸大象的鼻子。她真的摸到大象了！多麼神奇的感覺啊！

「丁香！」她爸爸聽到消息追過來了。他一臉焦急，卻也不敢靠近大象。

莽墨慢慢放下丁香，默默地立在霞光中很久，才回到隊伍裡和象奴們一起離開了。

但從此以後，莽墨就被關了起來。即便是皇帝最喜歡的大象，如果發瘋了也是要被關起來的。所有人都認為，莽墨發瘋了。只有大象們知道，莽墨沒瘋。

沒過多久，莽墨生病了，即便是神奇的動物，也會生病。在故宮，大象生病，象奴要報告象房的官員，象房的官員需要申報兵部，兵部再報告皇帝。因為是皇帝最喜歡的大象，如何治療莽墨必須依照皇帝的命令來辦理。可能是因為時間太久了，還沒等到皇帝下諭旨，大象莽墨就已經死了。

咸豐皇帝傷心極了，他留下了莽墨的象牙做紀念，把莽墨的身體埋葬在了故宮的西牆下。

「那丁香呢？」我追問寶象。

「那女孩啊……」好像勾起了什麼回憶，寶象停頓了一下才說，「聽說之後很長一段時間，她每天早晨仍然會出現在街旁，但是突然有一天就消失不見了，再也沒出現過，像一場夢一樣。」

丁香也一定這麼想吧！這件事，是發生在清晨的夢裡呢？還是真事呢？

陸

辟邪，辟邪

我就知道會這樣。

自從和故宮裡的大怪獸們成為朋友，我就有預感總有一天我會碰到一些怪事。當然，之前碰到的那些事情多少都有點奇怪，但是不會像現在我的處境這麼奇怪。

就在一刻鐘以前，我明明還躺在家裡那張軟綿綿的床上昏昏欲睡。但現在，我卻穿著睡衣被掛在一棵大槐樹上，吹著冷風，滿眼看不到一個人。

到底這事是怎麼發生的，我完全不清楚。我只感到一陣暈眩，那感覺和入睡一瞬間的感覺非常像，我一點也沒有在意。可是，當冷風把我吹醒的時候，我就明白，事情沒那麼簡單。

周圍的場景並不陌生，不遠處連綿的紅牆，層層疊疊的琉璃瓦，讓我猜想這可能是故宮裡的某個地方，但我這時候頭暈腦脹，連東南西北也分不清，更不要說弄清楚這到底是哪兒。

「喂！樹上的人，妳能聽到我說話嗎？」

一個聲音從樹下響起，是個響亮的、很好聽的聲音。

我這才往樹下看。一個我從沒見過的怪獸正站在那兒，藉著月光，我可以隱隱約約地看到，他很像一頭長著翅膀的獅子。

「當然能。」我回答。

「妳在那兒多久了？」

「我不知道。說實話，我甚至不知道我是怎麼來這兒的。」我實話實說。

「那……下來說話好嗎？」怪獸建議。

「對，我想我應該先下去。」我同意，「但你看，這樹還挺高的，你能幫我嗎？」

「很願意為妳效勞。」

這個怪獸還挺紳士的。

他揮動背上的翅膀飛到樹前，沒花什麼力氣，我就穩穩地坐到了他的背上。很快，我們就安全地落到了地面上。我拍去身上的樹葉，把頭髮往後撥了撥，第一次正眼打量起眼前這個怪獸來。

說實話，他長得挺兇的，樣子介於獅子與老虎之間，尖而銳利的牙齒外露著。他的頭上長著角，背上是一對鷹的翅膀。我不記得自己在故宮見過這樣的怪獸。

「你……是誰？」

我往後退了兩步。

「我是怪獸辟邪。妳呢？」他現在的態度還算友善，但誰知道下一刻會變成什麼樣。

「我叫李小雨，大家都叫我小雨。」

「那李小雨，妳從哪兒來？」辟邪問。

他沒聽說過我的名字？故宮裡的怪獸就算我不認識，大多數也應該聽過我的名字吧？我可是上過《故宮怪獸談》的唯一人類。我皺了皺眉頭，單獨和一個不知道從哪兒來的怪獸相處，我多少有點害怕。

「我是從家裡，『呼』地一下就到這裡了。這太奇怪了。你知道這兒是哪兒嗎？」我問。

「這兒是故宮。」辟邪回答，「妳肯定很好奇妳怎麼會來到這裡，對嗎？」

故宮？我鬆了口氣，在熟悉的地方，我多少有些安全感。

「你難道知道我是怎麼來的？」

「我不能解釋得很詳細。」辟邪皺起了眉頭說，「不過大致上可以說是我要求妳來的，於是一股高貴而不知名的力量就派妳來了。」

「你的意思是，你用魔法把我變來的？」我問。

「我並沒有指名要妳來，我只是需要一個幫手。」他說，「我本來以為，自己會召喚來某一位神仙或是神獸，哪怕動物也行。但沒想到居然會召喚來一個人類！這對我來說也是第一次。」

「明白了。」我點點頭說，「這是我聽過的最瘋狂的笑話了。」

「我沒有惡意……」辟邪看著我。

「好了，請繼續，你召喚我來要我幫你什麼呢？」

我有些不耐煩地抱著肩。半夜三更被「變」到這裡，換作誰也不會高興。

「是這樣，我現在有點事情急需離開故宮。」辟邪說，「所以，我需要一個人幫我解開身上的封印。」

「那你可找錯人了。」我直截了當地說，「我沒有這個本事。」

「不，妳可以。既然我召喚來的是妳，那說明妳一定可以。」辟邪著急地解釋。

「你確定？」我一臉迷惑。

「是的。其實這很簡單，我的背上有一張淺黃色的紙，妳只要把它撕掉就可以了。」怪獸辟邪歪過身子給我看，我可以看見他背部的鬃毛上，黏著一張紙籤大小的紙條。

「妳看，妳能拿到那張紙，我就做不到。」他接著說，「因為就算我的能耐再大，我的四肢無論如何也碰不到自己的背。」

我不知道說什麼好，不過這個似乎也不難做到。我走到他身後，舉起手，

但是突然，我停住了。

我重新走到辟邪面前。

「怎麼，出什麼問題了嗎？」他問。

我搖搖頭說：「那倒沒有。但是，我不能就這樣放你離開故宮。你最起碼要告訴我，你是什麼怪獸？原來住在故宮哪裡？為什麼要離開故宮？」

辟邪鬆了口氣說：「我們辟邪怪獸，是智慧和勇氣的象徵，可以驅走邪惡和污穢的東西，去除不祥的事情，並引領人類的靈魂升上天堂，所以一直是皇帝們喜歡的怪獸。我的原型是漢朝玉辟邪，住在故宮珍寶館倉庫。這次想除去封印出宮，是想去看望我的兄弟。我們都曾經被清朝乾隆皇帝收藏，一起生活了上百年，但……」

「我想我知道你是誰了。」我忍不住打斷了他。

原來他就是國寶漢朝玉辟邪啊！怪不得我沒見過他，他可是一直被珍藏在故宮最隱密的倉庫裡。

「你說的兄弟也是辟邪？」我問。

「他是被收藏於臺北故宮的青玉辟邪。」

我睜大眼睛問：「你要去臺北嗎？那麼遠？」

「不用跑那麼遠。」他回答，「這幾天他正在首都博物館展出。」

「我明白了。」我點點頭，聽起來這個忙我應該幫。不過，我還是小心地問，「你不會就這樣飛走不回來了吧？」

要是國寶丟了，我的罪過可就大了。

「我當然會回來！」辟邪說，「妳要是不放心，可以跟我一起走。」

我沉思了一下，自己倒也沒什麼十萬火急的事情需要去辦。

「那好吧！我就和你一起走一趟。不過，你要在天亮前送我回家。」

這樣決定以後，我騎到辟邪身上，輕輕扯下他背後的封印，握在手心裡，以便隨時還可以貼回去。

被扯下封印的辟邪甩了甩腦袋，嘗試著跳了一下，一下子就跳到了半空中。他滿意地低吼一聲。

「抓緊了，我們要出發了！」

說完他就一下子衝上了夜空，比雲霄飛車還快，我連驚叫都來不及。

我們一下子就飛到了高樓大廈間，城市裡的霓虹燈閃著光，馬路上的車開得飛快……但，沒有我們快，一眨眼的時間，我們就停在首都博物館的屋頂上了。

博物館早就下班了，裡面靜悄悄的。我們從一扇半敞開的窗戶鑽了進去，一邁進博物館莊嚴的大廳，就看到了臺北故宮藏品展覽的大幅廣告。

「在二樓。」我輕聲告訴辟邪。

於是我們溜到二樓，輕手輕腳地推開展廳的門，卻立刻被眼前的景象嚇呆了。

這裡怎麼比休館後的故宮還熱鬧？

展廳裡的文物都活了過來：唐朝打扮的陶人們正在一邊飲酒一邊唱歌，龍和怪獸們正在陳列櫃中漫步，白色的瓷娃娃和瓷鴨子在大理石地面上追逐嬉鬧……

「他在那兒！」辟邪叫了一聲，就朝著一個和他長得差不多的怪獸跑去。

我愣在那裡，任由一條白玉鯉魚從我的頭頂躍了過去。

這難道就是傳說中的……博物館驚魂夜？

我早就聽說過那部電影，講的是位於紐約的自然歷史博物館裡，一旦太陽最後的光芒消失在地平線，博物館的一切就會活過來，無論是恐龍還是匈奴王。

要是知道今天我會碰到這種事，真應該先好好看看那部電影才對。

「姑娘，姑娘……」好像有人在叫我。

我回頭一看，是一幅古畫中的唐朝仕女們。她們圍坐在桌旁，有的在品茶，有的抱著琵琶撥弄著，還有幾個正在飲酒，看樣子已經有些醉了。

我走過去，偷偷瞄了一眼畫下面的牌子，那上面寫著「唐人宮樂圖」。原來這些仕女是唐朝後宮的嬪妃。

「妳們在叫我嗎？」

一位仕女點點頭，指著我睡衣上一顆塑膠釦子問：「這是什麼珠寶？」

我低頭看看那顆透明的釦子，笑著說：「這不是珠寶，這只是普通釦子。」

「釦子……」那位仕女學著我的話。

其他仕女看到她和我說話，也都圍了過來。

「妳怎麼穿得這麼奇怪？怎麼頭髮那麼短？妳是尼姑嗎？」

我回答說：「我們這個時代都這麼穿，女孩子不一定要穿裙子。尤其是冬天，女孩子都穿褲子。我的頭髮不算短，我們班上還有比我頭髮更短的女生呢！我沒見過尼姑什麼樣子。」

仕女們一副吃驚的樣子。

「女孩居然不梳髮髻……」

「褲子不是騎兵才穿的嗎？」

「這個時代真可怕！」

……

這時，一位抱琵琶的仕女突然問：「那音樂呢？妳們都唱什麼小曲？」

「小曲？妳說歌曲嗎？我最近比較喜歡 BIGBANG 的歌。」我說。

「比……什麼？名字聽起來好奇怪。」那位仕女說，「要不，妳給我們吟唱一段，為我們助助興。」

「他們的歌曲是韓文的。我唱不了。」我撓撓頭，「要不我給妳們唱個別的吧！」

「好啊，好啊！」仕女們都高興地說。

我想了想，就專心地唱了起來：

「右手一個慢動作，右手、左手慢動作重播。

這首歌給你快樂，你有沒有愛上我？

跟著我，鼻子、眼睛、動一動耳朵……」

我還沒唱完，仕女們就叫了起來。

「真難聽啊……」

「這樣的樂曲有何美妙可言？」

「還是我們的琵琶曲譜更為動聽。」

……

我有點不高興地說：「妳們那個時代才可怕，沒有電腦，沒有電視，沒有抽水馬桶，連巧克力都沒有！」

說完，我轉身準備離開，沒想到一頭就撞上了一個大塊頭。這是一個怪獸，長得有些像老虎，卻有個奇大無比的頭和巨大的嘴巴。

周圍一下子安靜了下來。連原本不服氣地反駁我的唐朝仕女們都閉上嘴躲

到了桌子下面。

「對不起！」我道了歉準備離開。

沒想到怪獸一下子擋住了我的路，他用低沉的聲音吼叫：「沒有人能在冒犯饕餮後，這麼輕易地離開。」

饕餮！我一下子愣住了，連著吞了好幾口口水。

饕餮可是出了名兇惡的怪獸，最大的特點就是能吃，甚至可以把自己的身體吃掉，是又貪婪又殘忍的怪獸，被稱為中國四大兇獸之一。古代時，人們會把他的形象刻畫在青銅器上。

我這才意識到，這裡並不是故宮，一個只有神仙和神獸出沒的地方。這裡只是博物館，除了那些神獸外，兇惡的怪獸也有可能在這裡出現。

「我……已經道歉了……」

我無力地說。怪獸饕餮粗重的喘息聲，讓我的汗毛都豎了起來。

饕餮盯住我說：「一個人類怎麼會出現在這兒？不過，妳來得正是時候，我的夜宵還沒吃。」

我的腿一軟，心想這下完了，他那麼大的嘴，大概一口就能把我吞掉。真沒想到我短短十一年的人生眼看就要變成怪獸的夜宵了！

不過！我不想就這樣等死！

我的手在身邊摸索著，咦？這是什麼？管它呢！

當饕餮的大嘴朝我襲來的時候，我隨手就把手裡的東西塞進了它嘴裡。

沒想到，饕餮的嘴巴居然被卡住了。原來，我塞進它嘴裡的是一把青銅劍。

幾乎同時，兩個怪獸光一般地閃到我身邊。

啊！是怪獸辟邪們！

兩個辟邪迅速與饕餮展開了廝殺。被卡住嘴巴的饕餮明顯處於下風。

忽然，一陣刺眼的白光閃過，饕餮消失了。青銅劍被留在了地面上。

辟邪拾起青銅劍把它重新放到展櫃上，然後走到我身邊。

「趁著還沒有其他麻煩，我們趕快離開吧！」他說。

我使勁地點點頭，說實話，我一分鐘都不想在這裡待下去了。

玉辟邪與他的兄弟青玉辟邪簡單告了別，就帶著我離開了首都博物館。

一路上，我的腿抖得很厲害，一句話都不想說。今天晚上實在是太驚險了！

終於，故宮到了。

當從天空上遠遠地看到故宮星星點點的燈火時，我的眼淚都快掉下來了。

「是我的錯，我不應該把妳帶到那種地方。」辟邪的聲音充滿愧疚。

「不，是我自己太不小心了。」我小聲說。

辟邪停到地面上，我默默地把封印重新貼到他的後背。

「現在，妳閉上眼睛。」他對我說，「相信我，我一定會把妳安全送回家的。」

我點點頭，閉上了眼睛。

又是一陣暈眩後，我聞到了熟悉的洗衣精的味道。不知道過了多久，我發現自己又躺在了軟綿綿的床上。

啊！我鬆了口氣，重新閉上了眼睛。真希望當我醒來的時候，發現這一切不過是一場夢。

柒

三隻眼睛的王子

他是王子嗎？那個和楊永樂在一起的少年，怎麼會長得那麼英俊？

傍晚的時候，我去找楊永樂，卻哪裡也找不到他。無論是失物招領處，還是儲秀宮的院子裡……哪裡都沒有他的影子。

他舅舅說，不知道那孩子跑到哪裡玩了。

還能去哪兒呢？

我無聊地四處閒逛，快到故宮西北角的城隍廟時，遠遠地就看見兩個人的背影。那不是楊永樂嗎？我一眼就認出了他那件髒兮兮的黃色外套。

「楊永樂……」我高興地揮著手。

可是他卻像沒聽見一樣，仍然興高采烈地和身邊的人說著什麼。那是一個比他高一點的少年，穿著一身潔白的長袍。儘管他留著一頭長頭髮，我仍然很肯定，那是個男孩子的背影。

那是誰呢……哦哦……是誰呢？我愣在那裡。

我還從來沒有見過楊永樂那麼高興的樣子，是交了新朋友嗎？不知道為什麼，我心裡有點不是滋味。

我使勁地跑了起來。

「喂！楊永樂！」

可是他們連頭都不回。

「喂！等等我啊！」

眼看離他們很近了，那個少年，在楊永樂身邊的少年，突然轉過頭來。

哇……我顫抖了一下。

那少年，他是王子嗎？怎麼會長得那麼英俊？白皙的面孔，藍寶石般的眼睛。童話書裡的王子就應該是這個模樣吧！

當我緩過神來的時候，已經站到他們面前了。

「李小雨？」楊永樂瞪大眼睛看著我，「妳怎麼來了？」

「我……我……」

我的臉通紅，一句話也說不出來。

「你的朋友？」少年問楊永樂。

他點點頭說：「是我的徒弟李小雨，她是一個初級薩滿巫師。」

巫師？我一愣，我早就忘了這件事了。

少年微微一笑，露出一口潔白的牙齒：「原來是巫師呢！妳好，李小雨，我叫金日磾。」

「他是馬靈官，就是馬神。」楊永樂在一邊補充。

我吃了一驚，眼前這位少年居然是一位神仙。

「真厲害……」

我直盯盯地看著少年。不料他卻彎下身子，對我耳語道：「和我們一起來嗎？」

我看著少年的臉，像被施了魔法一樣，乖乖地「嗯」了一聲，點了點頭。我的腿，像變成了木偶人的腿，跟在他們身邊走了起來，無論走到哪裡，總像被一股魔力拖著往前走。

「我是來和楊永樂告別的。」少年溫和地說，「今天晚上子時，我就要離開這裡了。」

「去哪兒呢？」我傻呼呼地問。

他笑著指著暗下來的天空說：「從這兒往上飛，一直往上，能飛多遠算多遠，一直飛到再也飛不上去的地方！」

「飛那麼高幹什麼？」

少年突然用一種毫不在乎的腔調說：「因為結束了，所以要回到那裡去。」

「什麼……什麼結束了？」我沒聽懂。

少年「噗嗤」一下笑了，他說：「我在故宮的職責結束了，整整五百九十五年，一天都不少。我要回到天上去，輕輕一跳就上天了。」

「你要離開故宮！」我慌張地看看他，又看看楊永樂。

楊永樂指著面前的房子說：「妳看，這裡以前是祀馬神所，是故宮裡的人祭祀馬神的地方。」

我抬頭一看，這是一座小小的宮殿，就在城隍廟的東邊，雖然不大，卻是個很莊重的場所。宮殿的門已經裝了鎖，門口掛著辦公室的牌子。在我的印象中，從我第一次路過這裡，這座宮殿就一直是人們辦公的地方，故宮裡沒有幾

個人知道這裡曾經是祀馬神所。

「馬神已經很久沒回到這裡了。」楊永樂嘆了口氣說。

原來他連住的地方都沒有了。我心裡不免悲傷起來。

「天上有你待的地方嗎？」我問。

少年輕輕點頭說：「我活著的時候是匈奴國的王子，金日磾就是我那時候的名字。後來，我的國家戰敗，我作為人質進入漢朝，成為了一名大臣。因為善於養馬，得到了漢武帝的欣賞。死後，我本來應該進入天堂，卻因為被人們尊為馬神供奉，而留在了人間。近百年來，騎馬的人越來越少，我的職責也完成了，卻因為留戀人間而一直待在這裡。今天，終於打算離開了。」

原來，他真的曾經是一位王子，匈奴國的王子。我的眼睛放出了光彩。我身邊站著的是一位真正的王子。

「你走以後，我的朋友就更少了。」楊永樂一臉悲傷。

少年拍了拍他的背說：「這些年來多虧你，也只有你在祭祀我們啊！」

說著，說著，兩個少年就聊起這幾年從故宮離開的神明們。

「長白山神是最早離開的吧！他本來是被供奉在坤寧宮的。」

「那真是位威風的神靈，長著貂的頭、鹿的頭和魚的頭，身上披著黃色的絲綢。我更喜歡他的滿族名字，叫『穆哩罕神』。」

少年點著頭說：「你還記得啊！他曾經是滿族特別受尊敬的一位神仙。」

「不過現在，他回到長白山應該更自在吧！」楊永樂說。

「你還記得兩年前離開的『鄂謨錫瑪瑪』嗎？」少年嘴角揚起一個微笑。

「當然，那不是保嬰神嗎？」楊永樂也笑了，「那位大媽可是位可愛的神靈，長得也有趣，連臉上的皺紋都那麼慈祥。」

「她可沒少喝你祭祀的啤酒。」

「是啊！那次祭祀本來是實在沒有其他酒才拿啤酒去充數的，沒想到她卻喜歡上了。」

「故宮裡上百年沒有嬰兒出生了，難為她還待了那麼多年。要不是那幾年阿哥所變成了花房，她說不定還會住下去呢！」

「現在她應該住在哪家婦產醫院吧？」

「誰知道呢。哈哈。」

兩個人爽朗地大笑起來。

「要說故宮裡最美麗的神靈一定是畫像神們啊！」楊永樂的臉紅通通的。

「『納丹岱琿』中那七位仙女啊！」少年像回憶起了什麼美好的事情，臉上綻放著光彩，「以前七星之祀可是故宮裡難得一見的祭祀典禮，沒有皇族願意錯過。經常因為人數太多，宮裡的妃子們一直跪到了大殿的外面，就是為了讓仙女們賜予她們永遠的美貌。」

「她們去年離開故宮，早就沒人記得她們的美麗了。」楊永樂嘆了口氣。

「我還真替這些人類遺憾呢！」少年卻笑嘻嘻的。

楊永樂像突然想起了什麼，抬起頭望著少年說：「提起祭祀，以前祭祀你的典禮也應該很隆重吧？你那時候可是很重要的神靈，是掌管人類的交通運輸甚至農業、戰爭的神靈，祭祀的時候是怎樣的儀式呢？」

想不到少年笑了起來：「你要不提，我都快忘了。讓我想想……那個時候每年春天和秋天，皇帝都會指派一名大臣在我的祀馬神所舉辦祭祀典禮。他們會獻上一隻整羊，七十幅紅色的絲綢，兩百七十六幅青色的絲綢。薩滿巫師會唱很難聽的歌，把皇帝祈求我保佑馬匹的話傳給我。等到祭祀結束，他們會把

絲綢都拿走。白天的時候，把紅色的絲綢繫在皇帝的御馬身上，晚上把青色的絲綢繫在其他官馬的身上……」

就在這時，一陣乾爽的風吹過，少年額前的長髮輕輕飄起。

「哇啊！」我忍不住驚叫出聲。

太不可思議了，那少年的額頭上居然長著一隻眼睛。沒錯，是多出來的第三隻眼睛。一隻豎著的、細長的眼睛。

楊永樂皺起眉頭看著我問：「怎麼了？」

我強裝鎮靜，結結巴巴地問：「那隻眼睛……額頭上的眼睛……」

「那個啊！」少年眨著他的第三隻眼睛說，「是玉帝送給我的禮物。」

「馬王爺，三隻眼。這個歌謠妳小時候沒唱過？」楊永樂津津有味地說，「妳不知道馬神有多厲害，他曾經大鬧三界，玉帝都拿他沒辦法。最後還是真武大帝出面收服了他，讓他成為三十六天將之一。玉帝送了他第三隻眼睛，並封他的三隻眼睛為火之精、火之星、火之陽。」

「啊啊……」

我連著點了好幾下頭。

少年微微一笑說：「這些故事是聽木神說的吧？也只有那個老頭喜歡講故事。那時候我特別喜歡山茶花，只有木神有本事讓故宮裡的山茶樹在任何時候開花。每次我想看山茶花的時候，就會去找他幫忙，他就纏著我講個故事來交換。」

「我的好多故事都是從木神爺爺那裡聽來的呢！」楊永樂的眼睛閃閃發光。

「他是什麼時候離開的呢？」少年微微皺眉。

「去年三月。」

「啊！對了……」

「山茶花。」我重複著，我也喜歡山茶花啊！

故宮裡原來有這麼多有意思的神靈啊！我居然不知道。

正這樣想，風突然猛烈了起來，腳下的枯葉都被捲了起來。我不由得閉上了眼睛。

睜開眼睛的時候，化身為少年的馬神不知什麼時候走到了我面前。

「這麼看起來，小雨還真有點像山茶花啊！」少年貼著我的耳朵輕聲說，「不如，我用魔法把妳變成一株山茶樹吧！開花的時候一定好看極了。」

我被嚇了一跳，看著少年水藍的眼睛，他是在開玩笑嗎？

「變成山茶樹？」

「是的，變成一棵山茶樹苗。我會把樹苗種到御花園裡。這樣，故宮裡就又多了一個山茶花的新品種。」他很認真地說。

我臉色蒼白地往後退了好幾步，一邊搖頭一邊說：「我才不要變成山茶樹。」

「會開很美麗的花的山茶樹哦！」

「再美麗也不要！」

少年露出失望的神情：「真可惜，我很喜歡小雨呢……」

「這樣的話，妳快逃走吧！」他眨著三隻眼睛說，「離開故宮之前，總想留點什麼美麗的禮物在這裡。我怕我會忍不住把妳變成山茶樹，妳快點逃吧！從這裡沿著這條路一直往回逃，逃回人類的世界去吧！」

「快跑吧！」楊永樂也在旁邊著急地催促。

我使勁點了點頭，然後就奔跑了起來。

我跑得像一隻兔子，穿過宮殿間的小路，跨過一道道門。跑過御花園的時候，一股淡淡的花香襲來。深秋的季節怎麼會有花香？

啊！是花園裡山茶樹開花了！潔白的花朵開得正烈。

這是馬神的魔法嗎？

我突然覺得自己正變成一棵山茶樹，身體漸漸僵硬起來，頭髮發出一股好聞的花香……

呀！要快啊……

我用已經僵硬的腿不停地跑著。終於穿過了御花園，看到媽媽辦公室熟悉的院門，還有讓人懷念的溫暖的燈光。

啊！得救了！

我推開屋門，癱倒在床上，一閉上眼睛就像失去知覺般地睡著了。睡夢裡，無數的山茶花的花瓣從天上飄落，快落到地面時，卻變成了一隻隻馬神的

眼睛。

「篤篤……」

誰在敲窗戶？

「篤篤、篤篤……」

我勉強睜開眼睛，從床上跳起來，「呼啦」一下子拉開窗簾。

天不知道什麼時候已經亮了，楊永樂笑嘻嘻地看著我：「喂！出來玩嗎？」

我揉揉眼睛，問：「你的朋友呢？」

「妳是說馬神嗎？他已經飛到天上去了。」他回答，「像個被風吹上天的氣球，一會兒就沒有影子了。」

我鬆了口氣，這下安全了，不會被變成山茶樹了。

再見吧！三隻眼睛的王子。

捌

一個願望

天啊！那孩子在幹嘛？

我簡直不敢相信自己的眼睛。

那麼小的孩子，手裡拿著一把水果刀，正趴在慈寧宮門外的金麒麟獸身上，使勁地刮著麒麟的鱗片。那聲音刺耳極了。

我四顧看看，沒有工作人員在這附近，而旁邊參觀的大人們就如冬天的空氣一樣冷漠。

沒有人制止他！又是一個沒人管的孩子。

一到寒假、暑假，故宮裡經常會出現沒人管的孩子，孩子一個人玩，有的甚至鑽進了大殿，卻仍然看不到大人。直到工作人員拉著孩子的手叫嚷上半天，才會看到一個慌慌張張的大人跑過來。

「喂！住手！」

我一邊跑，一邊大聲叫。

那小男孩愣了一下，抬頭看看周圍，接著刮麒麟的鱗片。

「喂！說你呢！快住手！」

我翻過圍欄，大步朝那男孩衝過去。

那小男孩吃驚地抬起頭，看見我，他把一隻手背到身後。

「你在幹什麼？你知道你這是在損壞文物嗎？」

小男孩吸了一下鼻涕，搖搖頭。

「你手裡拿著什麼？給我看看！」

我指著他背在身後的手。

他不說話，只是拼命地搖頭。

「你要不給我看，我就把你交給員警叔叔！」我嚇唬他。

小男孩害怕了，眼睛睜得大大的。他磨磨蹭蹭地把手伸了出來，慢慢地打開了手心。我低頭一看，啊！是金色的粉。

「這都是你從麒麟身上刮下來的？」我發火了，聲音大得把自己都嚇了一跳。

就這樣生生地用水果刀刮下來，麒麟會多痛啊！

「我只是想要，想要金子……哇！」

小男孩哭了起來，一邊哭著一邊還大聲叫著：「媽媽……媽媽……」

就在這時，突然從人群中衝出一個頭髮整齊的女人，她穿著黑色的羽絨衣，臉色冷冷的，沒有表情。

「過來。」那女人對著小男孩說。

小男孩從麒麟上滑了下來，翻過欄杆，拉住那女人的手。

「對不起了。」那女人微微點了一下頭。她拉著小男孩轉身走進人群。

「等等！」

我叫住她，孩子犯了這麼大的錯，難道她就這樣走了？

女人轉過身瞪著我。

「有事嗎？」她冷淡地說。

我突然發現，她的眼睛是灰色的，這讓我起了一身雞皮疙瘩。

「沒事……」

我向後退了兩步。

女人沒有表情地轉過身，沒多久就和小男孩一起消失在遊覽的人群中了。

真是的，我怎麼這麼膽小！居然就這樣被嚇住了。

我抬起頭，麒麟身上的刮痕像裂了縫的瓷器一樣刺眼。

一定要讓故宮裡會鎏金手藝的叔叔來幫麒麟補得漂漂亮亮的，我心裡想。

整整一天，我都垂頭喪氣的，做什麼都提不起勁。

至少應該攔住那女人和孩子給麒麟道個歉啊！為什麼看見那樣的眼神，就被嚇破了膽呢？

我把這件事告訴了媽媽，並一再囑咐她要幫麒麟恢復原來的樣子。媽媽雖然也很生氣，但仍然痛快地答應了。

儘管這樣，我心裡仍然覺得有什麼東西放不下。晚上睡覺也睡得不安穩，一直做著奇怪的夢。

不知什麼時候，我聽到了敲窗戶的聲音。

「咔咔……咔……」

我睜開眼睛，從床上跳了起來。媽媽還在一邊熟睡，正是深更半夜，誰會在這時候敲窗戶呢？

會不會是聽錯了？也可能是風颳起枯葉什麼的碰到玻璃上了吧？

正在這樣想著，那個聲音又響起來了。無論怎麼說，肯定是敲窗戶的聲音，沒有錯。

我提心吊膽地站起來，拉開窗簾。窗外的路燈下，站著一個金光閃閃的大怪獸。這又是誰來找我幫忙了？

我把眼睛揉了揉，仔細一看，那個怪獸不正是麒麟嗎？龍的頭、雄鹿的角、獅子的眼睛、虎的身體、馬的蹄子、牛的尾巴……沒錯，就是麒麟。

看清楚後，我披上外衣，戴上帽子，打開門悄悄地溜了出去。

「你是……麒麟？」

怪獸點了點頭說：「初次見面居然選了這個時間，真是不好意思。」

我仔細看了看麒麟的右肩，上面的刮痕清晰可見，沒錯，就是白天受傷的那個麒麟。

「白天的事情是我不對，我沒能及時制止，不過我已經拜託媽媽請故宮裡會鎏金手藝的叔叔……」

我還沒有說完，麒麟就把我的話打斷了。

「我來是來謝謝妳白天幫助了我。」

「什麼？你不怪我？」我睜大了眼睛。

「那是我命裡的劫數，要不是妳阻止了那孩子，我可能會受到更大的傷害。」麒麟溫和地說。

這有點出乎我的意料，我還沒有這樣鄭重其事地被人感謝過。

我有點不好意思地低下頭說：「別這麼說，我膽子太小了，否則……」

麒麟打斷了我說：「妳幫助了我，我要報答妳，讓我幫妳實現一個願望吧！」

「什麼？」

看見我呆住了，麒麟突然抽動了一下金色的尾巴說：「好了，請快說出來吧！」

見我還在猶豫著，麒麟催促道：「我本來就是給人們帶來幸運和光明的怪獸，善良的人應該收到回報，妳不用客氣！」

說實話，自從看過童話《阿拉丁》後，這種場景我不知道在腦海中重複過多少次。高大的燈神站到我面前，答應幫我實現三個願望。我無論提出什麼，燈神都能幫我一一實現，這是多麼幸運的事情啊！

可是當這種夢一般的場景真的出現在我面前時，我卻不知道該說什麼了。

「那個，只有一個願望嗎？」我小聲問。

「沒錯，只限一件事情。」麒麟回答。

「什麼事情都可以？」

「什麼事情都可以。」麒麟肯定地說。

幸福來得太突然了，我的臉漲得通紅。

許什麼願望呢？要很多錢嗎？這個問題我很早以前就想過。要是大多數人碰到這種事情，一定會許願成為超級富豪吧！

但我卻不這麼想，我這麼大的孩子，如果一下子擁有了能嚇死人的那麼多的錢，無論被誰知道了，都一定會覺得奇怪的。就算我說是麒麟給我的，別人也不會相信的。搞不好，說不定還會被人以為是偷來的，不但錢會被沒收，員警叔叔還會來調查，我可不想惹那麼大的麻煩。

那許什麼願望呢？變漂亮怎麼樣？就在昨天，坐在我後面的同學侯思成還說我是醜八怪。要是變漂亮了，不但同學們會喜歡我，連老師也會不再討厭我了吧？說不定長大了，還能當影視明星呢！

「那麼……」

我剛要說出口，卻又猶豫了。要是一下子變那麼漂亮，爸爸媽媽就都認不出我來了吧？如果他們不認為我是他們的女兒，以後我又怎麼生活呢？要是連家都沒有了，變漂亮又有什麼意思。還是換一個吧！

「妳想好了？」麒麟問。

「再，再稍等一下。」

我決定還是慎重點。這種好事，這輩子我應該不會再碰到第二次了。

對了，還是考上個明星大學好了！寒假前的期末考試，我的成績糟透了，

都不敢打電話告訴在外地出差了好久的爸爸。要是一直是這樣的成績，將來想上個明星大學幾乎是不可能的。要是我能上個明星大學，爸爸媽媽一定會很驕傲。

但我轉念一想，那可是八年以後才會發生的事情。現在許下心願，卻要一下子等八年，是不是時間有點太久了，要是那時候麒麟已經把我的願望忘了怎麼辦？那不是太可惜了。而且就算考上了明星大學，也不一定以後就能一直順利、幸福。現在不是好多明星大學生連工作都找不到嗎？還是換個現在就能實現的願望吧！

對了！如果我能永遠不死，長生不老該多有趣？活個幾百年，和怪獸們一樣。

想到這裡，我下定了決心。

「我想長生不老。」

聽了我的願望，麒麟笑了笑說：「這個願望可以實現。不過我要勸勸妳，如果現在我讓妳長生不老，妳就永遠是現在這副小女孩的模樣了，不會長大，也不會變老。永遠這副樣子生活下去，妳真的願意嗎？」

永遠現在這樣子生活下去？我看看自己，瘦瘦的、一點都不強壯的身體，個子還矮矮的，我可不想永遠這個樣子！

「那還是換一個吧！」我趕緊說著。

「換什麼呢？」

換什麼願望呢？我突然想起昨天電視裡打仗的新聞，一個母親抱著自己被炸死的兒子哭泣，讓人心痛極了。如果這個世界能因為我的願望變得和平，沒有戰爭怎麼樣？一想到這，我的自豪感油然而生。哇塞，這真酷！

於是，我說：「那我就希望世界和平。」

沒想到，麒麟皺起了眉頭。

「哎呀！唯有這件事是難辦的。」

「為什麼？」

「因為這是不可能的。我可以給妳一切，但唯獨不能改變人類的內心。妳還是要點別的吧！」

我的腦袋都想痛了，於是我問：「其他人要是遇到這種事情都會要什麼呢？」

麒麟想了想說：「以前，人們向我許願，說最多的都是想要一個健康、聰明的孩子。因為人們覺得我是可以給他們送來孩子的怪獸。」

孩了？我可不想要小孩。我自己還是小孩呢！

「人們還有其他的願望嗎？」

「有想當狀元的，有想做大官的，想要金子的，想要親人的病立刻痊癒的……」

「這些我都不想要，還有別的嗎？」

麒麟輕輕嘆了口氣，說：「人類的願望是沒有止境的啊！有人擁有了財富就想要地位，有了地位又想要長命百歲……哪怕這一切他都擁有了，但如果你再問他，他仍然還有想要的東西，這就是人類啊！」

我是不是太貪心了？我開始責備起自己來，我這個樣子和那個想從鎏金麒麟身上刮金子的小孩又有什麼區別呢？

「算了，我不要這個願望了。」我垂著頭，揉著凍僵了的手指頭說，「反正我也想不出什麼好願望。」

【捌】一個願望

「好的願望啊……」麒麟慢慢地說，「就是想都不用想，瞬間能脫口而出的想法。那才是能讓妳的心快樂起來的願望。」

「我教妳一個方法。」麒麟靠近我，「妳閉上眼睛數三下，然後睜開的時候，妳心裡想著什麼就說出來吧！」

要是還想不出來呢？

雖然心裡這麼想，我還是乖乖閉上眼睛，深深地吸了一口氣。

「一……二……三」

眼睛雖然閉上了，眼前卻出現了奶奶的臉，已經兩年沒見到的奶奶的臉。

她曾經是多麼疼愛我啊！可是卻因為那場突如其來的大病去世了。

睜開眼睛的時候，我知道我的願望是什麼了。

「我要學一個魔法。」

麒麟有點意外地看著我問：「什麼魔法？」

「我要學一個無論我想見到誰，都立刻能見到的魔法。」

「讓人類學魔法……這不太容易，妳沒有其他的願望嗎？」麒麟皺了皺眉。

「我只有這一個願望。」我固執地堅持。這次，怎麼也不想改了。

「那好吧！」麒麟像是下了什麼決心似地說，「就教妳這個魔法吧！」

這話讓我放下心來。

麒麟蹲了下來，嘴裡還嘟囔著：「這種可愛的魔法，真不像我做的事情啊！」

院子裡落滿了銀杏的枯葉。

「妳在手掌上盛滿枯葉。」他說。

我聽話地把那些焦黃色的樹葉捧起來。

「好，現在猛吹一口氣。」

我「呼」地一吹。

手上的葉子像雪片般落下，但是什麼也沒發生。

「然後呢？」我問。

「沒有了，這樣就行了。」麒麟聳了一下肩膀。

「可是，我要見的人呢？」

「現在當然看不見。」

「什麼意思？」我滿腦子問號。

「我只是先教妳一下流程。現在才是關鍵。」麒麟說著低下頭，用他雄鹿般的角輕輕碰了一下我的嘴唇。

熱，熱，好熱啊！我的嘴唇好像突然被熱水燙了一下，但就那麼一下。

「現在可以了。」麒麟抬起頭說，「枯葉也好，落下的花瓣也好，雪花也可以，只要妳把它們捧起來，一邊想著想見的人的名字，一邊使勁一吹，妳就會看到了。」

我摸摸自己的嘴唇，不敢相信地問：「你是說，我的嘴唇現在已經有魔法了？」

麒麟點點頭。

我重新捧起一把落葉，一邊想著奶奶的名字，一邊「呼」地猛吹一口氣，目不轉睛地盯著那暴風雪般的落葉，接著，我大吃一驚。

落下的葉子胡亂飛舞著，緊接著居然拼成了一張人的臉。那張臉越來越逼真，越來越清晰。最後，居然變成了微笑著的奶奶的臉。她穿著羽絨衣，戴著

老花眼鏡，正認真地縫著什麼。

是在為我縫新裙子嗎？還是在縫我的沙包？

這景象我太熟悉了。我忍不住伸出手，想摸摸那張臉，可是手指尖剛剛碰到。

「嘩……」

樹華就散開了。

「咦？」我睜大眼睛，不知所措。

「這只是回憶啊！」麒麟在一旁說，「一碰就散的回憶。」

我轉過身，問他：「如果是還活在這個世界的人，我也能看到嗎？」

「可以。」麒麟回答，「答應妳是誰都能見到的魔法，那就一定能做到。」

「我會看到他們什麼呢？」我很好奇，但是看到奶奶的傷感還沒有褪去，這個時候我不想再嘗試了。

「他們正在幹什麼，妳就能看到什麼。」

「在吃飯？」

「那妳就能看見在吃飯。」

「在洗澡呢？」

麒麟愣了一下。

「嗯……也能看到。」

「太棒了！」我跳了起來，「這下，誰也別想背著我做什麼壞事了。」

麒麟提醒我說：「但是，這個魔法一天只能用一次。」

一天一次？足夠了啊！

這個魔法真好啊！我再也不會感到孤獨。我想念誰，都可以立刻看到他，

無論他在哪，他在做什麼，在不在這個世界上。

這真是一個太好的願望了。

我學會了一個魔法。

在一個美麗的秋天的夜晚。

玖

山寨先生

要說故宮裡最有錢的人，不，是最有錢的貓，那肯定非山寨先生莫屬了。

山寨先生出生在故宮內務府酒醋房，因為長得與冰窖的小白特別像，所以被取名為「山寨」。可能是因為太能吃了，山寨先生的媽媽，一隻叫圓點的母貓，很早就把山寨先生一腳踢出了家門。甚至為了不讓山寨先生找到自己，還帶著其他孩子搬出了酒醋房。

可憐的山寨先生年齡小，還特別笨，又吃得多，所以哪個貓群都不要他。

傳說那個特別寒冷的冬天，山寨先生餓著肚子躺在酒醋房的臺階上，凍得發抖。他雖然笨，卻也知道，這樣的冬天，要是沒有足夠的食物，等不到開春他就被餓死了。

怎麼辦呢？他正在發愁，眼前卻突然閃過一片紅光。一個奇怪的人站在他的面前。

這個人胖胖的，穿著古代的紅色官服，頭上戴著綴滿了珍珠的烏紗帽。他蹲下來，臉貼臉地看著山寨先生。山寨先生雖然不怕人，卻也被他盯得發毛。

於是，他問：「不知道您是哪位？」

「我是財神啊！」那個人回答。

要是一般人或動物聽了這句話，肯定會高興得跳起來。誰不想見到財神呢？財神降臨可就意味著要發大財了。

但是，山寨先生卻不太感興趣。他只是無精打采地說了一聲「嗨」。

「你見到我不激動嗎？」財神很好奇。

「為什麼要激動？」

財神聳聳肩說：「我也不知道，但是見到我的人都是那種反應，也許是因為我能讓人擁有很多錢。」

「錢能吃嗎？」山寨先生的肚子餓得要命。

財神搖搖頭說：「不能。」

我都快被餓死了，要錢有什麼用？山寨先生心裡想。但出於禮貌，他接著問：「那麼，您找我有事嗎？」

「我聽說你吃得多，特別笨，沒什麼本事，還被趕出了家門？」財神問。

「沒錯，就是這麼回事。」山寨先生點頭。

「那也太慘了。」

「沒辦法，自己沒本事，餓死了也是活該。」

財神說：「聽說人類的食堂有很多食物，看管得也不嚴，為什麼不去弄一點呢？」

山寨先生立刻皺起眉頭說：「我就算餓死了，也不願意做那些偷雞摸狗的事。」

財神讚許地點點頭：「就是因為這樣，你才會被別的貓群排斥吧！」

連財神都知道，野貓們偶爾偷一些人類的食物吃，是再平常不過的事情。

山寨先生卻晃了晃腦袋說：「主要還是因為我太笨。」

聽完這句話，財神拍了拍他的肩膀說：「我現在有一份工作想交給你，你願意嗎？」

「工作？」山寨先生眨了眨眼睛問：「我可以嗎？」

財神用力地點點頭：「別的貓不行，但是你準可以的。如果你願意做的話，我保證你吃喝不愁。」

「有這樣的好事？」山寨先生覺得天上掉下來個大餡餅，他迫不及待地問，「到底是什麼工作呢？」

「幫我看守祕密酒窖。」財神回答。

就連出生在酒醋房的山寨先生也不知道，就在酒醋房的地下，居然藏著一個祕密酒窖。酒窖裡埋著一壇壇已經珍藏了幾百年的美酒。這些美酒都是祭日或是年節時，供給故宮裡的神獸和神仙們喝的。而這個酒窖恰好歸財神爺管理。

「這麼重要的工作，需要我做什麼呢？」山寨先生問。

財神微微一笑說：「你只要每天晚上守在酒窖門口，有人來領酒時，你給它就可以了。」

山寨先生撓撓頭問：「就這樣?喵。」

「差不多就這樣。」財神一邊說，一邊從袖子裡掏出一條細細的琥珀項鍊，項鍊上綴著一尊財神的神像。

他把項鍊套在山寨先生的脖子上，大小剛剛好。

「記住，每個來向你領酒或者借東西的人，你都要讓他在這尊神像前立個誓言。」財神叮囑山寨先生說，「我看中的是你的誠實可靠，不會耍滑頭。但恰巧你這種性格的貓很容易被騙，這尊神像能幫你防範騙子，所以你千萬不要弄丟了。」

山寨先生似懂非懂地點點頭，仔細看了看胸前的神像。

「呼」地一聲，一道紅光過後，財神不見了。

從此，山寨先生的生活就發生了翻天覆地的變化。

山寨先生從一隻沒人願意理、每天等死的野貓，搖身一變，變成了備受尊重的、非常富有的故宮第一貓。

要說山寨先生是怎麼富有起來的，這很好解釋。每當神仙和怪獸們來酒窖

領酒，總會留下一份珍貴的謝禮。靠著這些寶貝，山寨先生不愁吃不愁喝。

富有起來的山寨先生，並沒有變得吝嗇。故宮裡誰要是找他幫忙，他從來不會拒絕。

這不，連我都要找他幫忙了。

這件事要從幾天前說起。我的學校馬上要迎來六十週年的校慶，每班都要表演一個節目。我們班打算排演一齣話劇在學校慶典上演出。話劇排練的是一個中國古代寓言故事，其中最重要的道具是一個古老的銅盆。這可不是哪兒都能找到的，於是班主任老師想到了我。

「小雨的媽媽不是在故宮工作嗎？能不能幫忙想想辦法？」

這還是班主任老師第一次請我幫忙，我想都沒想就答應了。

可是回家一問，媽媽卻為難地說：「這可真不好找。」

好不容易有了在老師面前表現的機會，我無論如何也不希望讓老師失望。於是我找到野貓梨花幫忙，梨花告訴我，山寨先生就有一個那樣的銅盆。

來酒醋房找山寨先生的時候，天還沒黑。天邊的雲彩，剛剛從燃燒著的紅色，變成寂寞的橙黃色。

山寨先生趴在石頭臺階上，舔著身上黃白色的斑紋。他胖了很多，個頭也長大了不少。

看見我，他禮貌地打了個招呼。「嗨！」

我有點不好意思，輕聲說：「山寨先生，我今天是來找你幫忙的。」

山寨先生卻沒有一點為難的樣子，「不用客氣。說說，妳打算借什麼？」

「你怎麼知道我是來借東西的？」我睜大眼睛。

山寨先生回答：「大家白天來找我，都是來借東西的。只有晚上來找我的才是取酒的。」

誰說山寨先生笨？我怎麼覺得他挺聰明的。

「沒錯，我是來借東西的。我聽說你有一個銅盆。能不能借我用一個星期？」我試探著問。

「沒問題，沒問題！」山寨先生痛快地說，「請妳在這裡等一會兒。」

說完，他轉身跑到房子後面。不一會兒，就叼著一個亮閃閃的銅盆回來了。

「妳要借的是它嗎？」他把銅盆放在我腳前。

這真是一個漂亮的銅盆。上面雕刻著的龍和鳳凰都像活的一樣，一看就有些年頭了，說不定還是古董呢！

「真的要把這個借給我嗎？」我有點不敢相信。

「借給妳了。」山寨先生說，「不過，按照老規矩，請在我胸前的財神像前立個誓言。雖然有點麻煩，但這是我答應財神的，無論誰領酒或者借東西都要在這尊神像前立個誓言。所以，還請妳不要嫌麻煩。」

「哪裡的話。」我趕忙說，「不過是個奇特的儀式而已。但是我要說些什麼呢？」

「很簡單，就說借了銅盆，到時會準時歸還就可以了。」

「嗯！沒問題。」

我按照山寨先生的話，規規矩矩地在財神像面前立下誓言，就拿著銅盆高高興興地走了。

在學校六十年慶典上，我們班的話劇得了所有節目中的第一名，班主任老

師和同學們都開心極了。大家都說，多虧了我拿來了這麼棒的道具，讓大家覺得真的回到了古代似的。

我抱著銅盆回到家，隨手放到床底下，轉眼就把它忘記了。

這之後也不知道過了幾天。有一天，我比平時起得都早。不但醒得早，而且一醒來腦袋就特別的清醒。

幾天前老師就打好招呼，放學後讓我留下補課。今天恐怕是去不成故宮了。

我仍然和平時一樣去學校，上課、下課、做課間操、吃午飯……可是不同的是，無論我在幹什麼，那個銅盆卻始終在我腦海裡揮之不去。就好像，我突然被什麼纏住了一樣，怎麼也擺脫不掉。

補完課，外面的天已經黑透了，北風吹得「呼呼」直響。

但我還是坐上了公共汽車，先回家取了銅盆，又向故宮出發。

我這是怎麼了？明明累得要命，但身體好像不是自己的一樣，一定要在今天把銅盆還給山寨先生不可。

到了故宮，我連媽媽的辦公室都沒去，餓著肚子飛奔到酒醋房。山寨先生這時候已經守在酒窖門口了。看到我，微笑著點了點頭。

「妳來了？真準時啊！東西放在一旁就可以了。」

我放下銅盆，一邊感謝，一邊納悶。

「山寨先生，我有個問題想問你。」

「請問吧！只要我知道。」山寨先生還是那麼熱情。

「本來我今天很累，不打算來故宮的。可是，我就像被什麼東西纏住一樣，非要來還你東西。你是不是在我身上施了魔法？」我緊緊盯著山寨先生的

眼睛。

山寨先生搖了搖頭說：「魔法那種東西我可不懂。這應該多虧這尊財神像保佑。」

他指了指自己胸前掛的神像。我看著財神像，琥珀雕刻的，漂亮的橙黃色，和市面上賣的差不多，怎麼也看不出有什麼特別的。

「難道，是這尊神像在施魔法？」

「這要從頭說起。」山寨先生說，「一開始我不過是按照財神的指示，讓大家在神像前立下誓言。可是我漸漸發現，即便是像黃鼠狼這樣喜歡耍滑頭的動物，借了我的東西也會準時送回來。他們經常會露出被什麼纏住的神情，還會小聲嘟囔，本來已經把東西藏了起來，結果一到時間，費了再大的勁也要把東西找出來還給我。」

山寨先生眨了眨眼睛，接著說：「這是為什呢？我借出去的東西，總能按時還回來，來找我取酒的人，也從來不會騙我多取一點。」

「對啊？為什麼呢？」

我仍然不理解。

「因為財神像上被施了咒語。」

「什麼咒語？」

山寨先生回答：「把誓言變成潛意識反射進大腦的咒語。」

「潛意識？」

「對，就像妳每天早上都會在固定時間醒來，到了中午自然會感到肚子餓。人類管那叫生物時鐘，實際上就是潛意識的反射。這個咒語就應該有類似的魔力。在財神像前立下誓言，到了日子，無論如何都會想來還東西，就是因

為這個吧！」山寨先生解釋。

我終於有點明白了。

「這些都是財神告訴你的？」

山寨先生搖搖頭說：「不，是我猜的。」

我更加吃驚了。

「山寨先生，別人都說你笨，我怎麼覺得你一點都不笨呢？」

山寨先生憨厚地笑笑說：「我還差得遠呢……」

拾 石榴樹的眼淚

這是什麼怪獸呢？

秋天快要步入尾聲了，天氣越來越冷。晚上住在媽媽辦公室的時候，經常會聽到北風捲著樹葉敲打窗戶的聲音。這種時候，最讓人頭痛的事情就是半夜突然想上廁所。廁所在院子的另一頭，從熱乎乎的被窩裡鑽出來，在冷風中穿過院子真是一件很受罪的事。

但是，不去也不行啊！

我迷迷糊糊地套上褲子和大衣，剛一推開門，冰冷的空氣就讓我打了個寒顫。我一邊呼著白氣，一邊向廁所跑去。可是，剛跑出兩步我就被攔住了，攔住我的是一個趴在地上打著呼嚕的怪獸。這是誰啊？居然這麼不小心，在這裡睡著了。

說是龍，個頭小太多了。有點像斗牛，可是頭上卻長著龍角。

我蹲下來在他耳邊叫：「喂！你醒醒！醒醒啊！」

聽到我的聲音，趴在地上的怪獸全身一震。他猛然睜開眼睛，直溜溜地看著我。

看了好一會兒，他才出聲：「妳……是……人類？」

「是的。我叫李小雨。」我低著頭，手在他眼前晃了晃，他的眼珠也跟著晃了晃。

「妳就是李小雨？」怪獸鬆了口氣說，「我還在納悶，人類看到我怎麼一點都不害怕。」

「你認識我？」我挺高興，沒想到自己在故宮裡這麼有名。

怪獸站起來說：「我聽霸下提起過妳。」

「真的嗎？」我更開心了，連平時不愛說話的怪獸霸下都會提起我呢！

「你是誰？你和霸下是好朋友嗎？」

「我們是親兄弟。」怪獸回答，「我的名字叫負屭。」

「負屭？你就是喜歡盤繞在石碑頭頂的怪獸負屭？」我睜大眼睛。

怪獸點點頭。

負屭可是很有名的怪獸。聽說他是龍的兒子中最斯文的一個。他喜歡文學和書法，尤其喜歡刻在石碑上的碑文，經常會盤在石碑上欣賞。他還是特別善良的怪獸，看到兄長霸下長年被壓在石碑下面，孤單一人，自己就乾脆盤到石碑頂上陪伴霸下。

我不由得上下打量著負屭，仔細算一算，我見過的龍的兒子也不少了，囚牛、霸下、睚眥、椒圖……可是只有負屭長得最像龍呢！龍的頭、龍的身子、龍的爪子、龍的角，簡直就是龍的縮小版。

「你怎麼睡在這個院子裡？」我問他，「你不知道這裡是故宮管理員的辦公室嗎？」

負屭吃驚地抬起頭四處張望，確定周圍沒有其他人，才小聲地說：「我在慈寧宮失眠好多天了，實在睏得不行，就跑了出來，路過這個院子的時候眼睛就睜不開了，想也沒想就睡著了。」

「你怎麼會待在慈寧宮呢？」

「慈寧宮在辦石碑展覽，妳不知道嗎？已經展覽五天了，一到晚上，剛迷迷糊糊地睡著，就會聽到院子裡有『嗚嗚』的哭聲，一哭就是一整夜。」負屭皺著眉頭說，「可能是以前待的倉庫太安靜的原因，一聽到這哭聲我就怎麼也睡不著。」

「這可夠糟糕的。」我同情地看著他。

「是啊！要是一兩天也就算了，可是展覽的五天裡，就沒有一天哭聲停止過。一到晚上，就和準時升起的月亮一樣，那哭聲就響起來了。到了黎明，那哭聲就會消失。」

「誰在哭呢？」我有點好奇。深夜裡的哭聲，這種故事我聽過不少，難道是傳說中的鬼嗎？

「我也趴在窗戶上看過，但是什麼人啊、鬼啊、神仙啊，一個都沒看到。」負贔說，「慈寧宮的院子裡連個鬼影都沒有。但是那哭聲從來沒停過。」

這下，我的好奇心被勾起來了，不是人也不是鬼，那是什麼在哭呢？

「你帶我去看看吧！」

我也顧不上冷了，這麼有意思的事情，怎麼能不去看看？

「妳膽子可真大。」負贔吃驚地看著我，「原本以為妳這麼大的小女孩聽到這種事情一定會嚇得發抖呢！」

是啊！我也有些吃驚，什麼時候我的膽子變得這麼大了呢？什麼怪獸啊、鬼啊、妖怪啊、烏鴉啊，以前害怕的那些東西，現在好像漸漸地都不怕了。是從什麼時候開始的呢？我皺著眉頭仔細想了想，手習慣性地摸了摸胸前的洞光寶石耳環。對了，好像就是從撿到它開始的。以前膽小的我，在和怪獸、動物們的交往中，慢慢就變成了一個天不怕地不怕的女孩了。

負贔帶著我穿過寂靜的宮苑，來到慈寧宮花園。

冷颼颼的風吹過樹梢，風停了，就聽見低沉的「嗚……嗚……」的哭聲。那聲音很奇怪，不像是人發出來的，有些冰冷的感覺。

我繃緊了全身的神經聆聽著，不由自主地就朝聲音的方向走去。負贔說得一點也沒錯，空曠的慈寧宮花園裡沒有人，沒有神仙，沒有怪獸，也沒有鬼。

那聲音到底是從哪裡發出來的呢？

「嗚……嗚……」哭聲單調而綿長，搞得聽的人都不由得悲傷起來。

到底是誰呢？哭得那麼傷心。

我繞著花園跑了一大圈，連個動物的影子也沒有。儘管如此，「嗚……嗚……」的哭聲還是鑽進我的耳朵。

「奇怪……」我自言自語。

我站在老石榴樹旁，這裡的聲音最大，彷彿是從樹裡傳出來的。只有聲音，什麼也看不見。

「到底誰在哭啊？」我大聲地問。

就在這時，從樹裡——確實、確實是老石榴樹的裡頭，發出了一個聲音：

「是我啊！我是石榴樹呀！」

那聲音怪怪的，很沙啞。

我嚇了一跳，往後退了好幾步。怪獸負屭聽到了，也跑到我身邊。

「石榴樹？你是樹精嗎？」我小聲地問了一句。

「我就是石榴樹啊！不過你們也可以叫我樹精。」那個聲音回答。

我把我的耳朵貼到樹幹上，沒錯，聲音真的是從裡面傳出來的。

「你在哪兒？」

「當然就在樹裡面。」

說起來，從我更小的時候，就認識這棵老石榴樹了。故宮裡的園丁叔叔告訴過我，這棵樹已經有兩百歲了。但年年夏天，它仍會開出滿樹的石榴花，到了秋天，這些火紅的石榴花就會變成又大又圓又甘甜多汁的石榴。故宮裡的孩子，誰沒有偷吃過這棵樹上的石榴呢？

我看著石榴樹，已經臨近冬天，樹上只懸掛著幾片孤零零的樹葉，變得光禿禿的了。

「石榴樹，你為什麼哭呢？你都這麼大歲數了，怎麼還哭哭啼啼的？我現在都不哭了呢！」

「因為我要離開這裡了……」石榴樹回答。

「離開？」我吃了一驚。

「對啊！在故宮裡生活了兩百多年，馬上就要離開了，怎麼能不傷心呢？」說著，石榴樹又「嗚嗚」地哭起來。

「不會的，你怎麼會離開故宮呢？你是古樹，是被重點保護的。」我安慰他。

「我親耳聽到的。幾天後，他們就要把我移出故宮，移到很遠很遠的地方。」

「移到哪兒？」

「好像叫什麼南沙河的地方。」石榴樹哭得更大聲了，「嗚……我長這麼大還沒離開過故宮。而且我們石榴樹怎麼會被移到河裡呢？那還不被淹死嗎？」

「喂！南沙河不是一條河，是一個地名啦！」我趕緊說，「那裡會建故宮北院區。」

這件事在故宮裡早就傳開了。聽說，那裡原來是一個有數百年歷史的琉璃瓦窯廠，專門為宮廷燒製琉璃瓦的。

「妳知道那裡？離故宮有多遠？」石榴樹慌慌張張地問。

「坐車的話要一個小時。」我老實地回答。

這下可好，石榴樹又開始哭了。

「我才不要去什麼北院區，我就喜歡這裡。你們知道故宮裡有多少瓷器、書畫、首飾、工藝品是照著我的樣子做的嗎？我是多子多孫、家庭興旺的象徵，我的果實甚至會被皇帝當作吉祥物賜給大臣們。現在，人們居然要將我移走……嗚……」

石榴樹真的會被移出故宮嗎？到底園丁們為什麼要這麼做呢？我怎麼也想不明白。

「你先別傷心，石榴樹。」我撫摸著粗糙的樹幹說，「我從小偷吃過你樹上的石榴，作為報答，我一定會幫你把事情弄清楚，好嗎？」

石榴樹的哭聲停止了。

「真的嗎？」

「是真的！」我拍著胸脯保證，「我會再來的。」

不知不覺，天已經濛濛亮了。

我抱歉地對負贔說：「又讓你一夜沒睡好。不過我一定會盡快把事情弄清楚，讓你可以安安穩穩地在慈寧宮睡個好覺。」

怪獸負贔伸了個懶腰，毫不在意地說：「如果早去找小雨就好了，說不定我早就能睡個好覺了。」

我揮手和他告別。

第二天下午上課的時候，我睏得睡著了，口水都流到了書本上。因為這樣，被老師狠狠地罵了一頓。我只是一夜沒睡好就這麼沒精神，故宮裡正在展覽的負贔和花園裡正在傷心的石榴樹，此刻他們都應該是一副無精打采的樣子吧！

一放學，我背著書包就跑到了南三所，那是故宮裡最大的花房，裡面工作

的園丁們一定知道老石榴樹的事。

在去花房的路上，我迎面碰到不少施工人員，他們有的抬著拆下來的玻璃，有的抬著磚頭，這難道是……

我快跑了幾步，一進南三所的院子我就傻眼了：花房已經被拆掉了，露出了紅色的院牆。原來又寬敞又明亮的陽光房，彷彿一夜之間就消失得無影無蹤。

我攔住一位搬花盆的工作人員問：「叔叔，這裡拆掉了嗎？」

工作人員點點頭說：「是啊！故宮裡所有的花房都要拆掉了。」

「那故宮裡的花草們怎麼辦？」我拉住他。

「我們會在北院區重建新的花房。」那個工作人員微笑了一下說，「那邊更寬敞，環境也更好。不像這裡，遊客那麼多，連溫度都比其他地方高。以後，花卉就會放到那邊去養護了。」

聽了這話，我著急地問：「石榴樹呢？慈寧宮的石榴樹也要搬到那邊嗎？」

「妳說那棵老石榴樹啊？當然了，它年齡大了，更需要養護。」

原來石榴樹說的是真的……我的心情一片灰暗，連眼淚都快掉下來了。

「小姑娘，妳怎麼了？我說錯什麼話了嗎？」工作人員有點手足無措。

「我以後再也看不到石榴樹在慈寧宮花園的樣子了……」我傷心地說。

沒想到，那個工作人員卻哈哈大笑起來。

「哈哈，妳以為石榴樹就永遠待在北院花房嗎？」他說，「當然不會，他只是去那裡養護過冬，等到明年春天，他還會回到慈寧宮花園的。」

「真的嗎？」我吃了一驚，心情好了起來。「我知道了！謝謝您！」

原來只是去養護，養護好的花草都還會回到他們待了上百年的故宮啊！這下好了！

我背著書包跑了起來。一邊跑，一邊想，我要趕緊去告訴石榴樹這個好消息。冬天裡，去暖和的新花房養護，等到來年春天回到慈寧宮花園，他一定會變成一棵更茂密、能夠結出更多紅石榴的石榴樹。

而怪獸負屭，今天晚上也可以舒舒服服地做一個美美的夢了。

國家圖書館出版品預行編目（CIP）資料

故宮裡的大怪獸 6：小小金殿裡的木偶戲 / 常怡著；么么鹿繪 .
-- 第一版 . -- 臺北市 : 樂果文化出版 : 紅螞蟻圖書發行 ,
2019.04
面 ; 公分 . --（小樂果 ; 16）
ISBN 978-986-97481-5-5(平裝)

859.6 108001468

小樂果 16
故宮裡的大怪獸 6：小小金殿裡的木偶戲

作 者 ／ 常怡
繪 圖 者 ／ 么么鹿
總 編 輯 ／ 何南輝
行 銷 企 劃 ／ 黃文秀
封 面 設 計 ／ 引子設計
內 頁 設 計 ／ 沙海潛行

出 版 ／ 樂果文化事業有限公司
讀者服務專線 ／ （02）2795-3656
劃 撥 帳 號 ／ 50118837 號 樂果文化事業有限公司
印 刷 廠 ／ 卡樂彩色製版印刷有限公司
總 經 銷 ／ 紅螞蟻圖書有限公司
地 址 ／ 台北市內湖區舊宗路二段 121 巷 19 號（紅螞蟻資訊大樓）
電話：（02）2795-3656
傳眞：（02）2795-4100

2019 年 4 月第一版 定價／ 250 元 ISBN 978-986-97481-5-5